Le Père Noël en a PLEIN le DOS !

FLEURUS

Direction : Guillaume Pô
Direction éditoriale : Sarah Malherbe
Édition : Claire Renaud
Mise en pages : Hélène Léonard
Direction de fabrication : Thierry Dubus
Fabrication : Manon Sagot

57, rue Gaston Tessier CS 50061, 75166 Paris Cedex 19
Site : www.fleuruseditions.com
ISBN : 978-2-2151-9860-4
Code MDS : FS98604

PAUL BEAUPÈRE

LOïC MÉHÉE

Le Père Noël en a PLEIN le DOS !

Kactus par FLEURUS

Chapitre 1

UNE SI BELLE JOURNÉE

Nous voici devant l'atelier du Père Noël.

Si, par hasard, vous étiez tenté de chercher l'atelier sur une carte, posez votre doigt n'importe où, au hasard, là où vous habitez, là où vous voulez. Vous y êtes ? Alors maintenant remontez, remontez, remontez encore, jusqu'à arriver tout en haut, juste à côté du Pôle Nord. C'est là, dans une vallée discrète, c'est là qu'habite le Père Noël. Caché entre deux montagnes de glace, l'endroit est invisible et, même si c'est un des lieux les plus célèbres au monde, il n'existe aucune photo de ce fameux atelier.

Cette histoire commence un 23 décembre. Comme chaque année depuis… depuis si longtemps que plus personne ne sait depuis quand, une montagne de paquets cadeaux attend à côté d'un traîneau de couleur rouge et or. Il y en a de toutes les tailles, des gros et des petits, des très très lourds et des très très légers, certains sont emballés dans de jolis papiers colorés, d'autres dans des pochettes discrètes. Il y a des dizaines, des centaines, des milliers, des millions, des dizaines de centaines de millions de paquets, un pour chaque enfant de la terre, ce qui fait tout de même beaucoup de paquets.

– C'est trop... c'est beaucoup trop ! Chaque année, c'est plus et cette année, c'est trop ! Jamais ça ne rentrera ! C'est trop !

– On aurait dû les ranger par couleur. Ça serait drôlement plus joli par couleur.

– Mais non, il fallait faire un plan. Le rangement c'est scientifique, c'est mathématique ! De toute façon tout est mathématique.

– Vous me faites rire avec vos idées à la noix ! C'est à grands coups de pied qu'on devrait faire rentrer tout ça. On commence par les plus gros, on cale avec des moyens et puis on enfonce les petits à grands coups de chausson !

– C'est nul ! Ranger c'est nul, les maths c'est nul, les couleurs c'est nul et les coups de savates c'est nul... c'est tout nul ! C'est nul et c'est trop !

– Rrrrrrr, rrronnnn picchhhhhh… un discret ronflement monte de derrière l'immense pile de paquets.

Chaque année, c'est la même chose. Pendant de longs mois, les lutins ont bien travaillé, ils ont fabriqué, construit, inventé, ils ont fait des miracles et n'ont rien oublié. Mais quand vient le moment de charger, ils ne peuvent s'empêcher de se chamailler.

Ils sont cinq, enfin, presque cinq. Pourquoi presque cinq ? Attendez de les rencontrer et vous comprendrez.

En premier, il y a Zeta. De tous les lutins, elle est la plus carrée, elle aime que les choses soient bien rangées, elle aime compter, elle aime les chiffres et elle sait presque tout sur tout. Un vrai petit génie !

Ensuite, il y a Marcel. De tous les lutins, Marcel est le plus fort. Quand il faut porter une caisse, c'est Marcel. Quand il faut déplacer un meuble, c'est Marcel. Quand il faut soulever le traîneau pour changer un patin, c'est Marcel. Si c'est lourd, s'il faut de la force, c'est toujours à Marcel que l'on demande.

Puis arrive Ronchon. Ronchon est grognon. Il n'aime rien, sauf râler. Demandez-lui n'importe

quoi, il commencera par répondre « Non » ou « C'est nul », « Jamais », « J'aime pas », « Je refuse » et encore mille autres amabilités.

En quatrième se trouve Harmonie. Harmonie aime quand c'est beau, dans sa poche elle a toujours un pinceau, une touche de rouge, une de vert, un peu de bleu et du jaune aussi, Harmonie aime l'harmonie.

Et puis arrive le cinquième lutin.

– Ah non, proteste Ronchon, celui-là n'est pas le cinquième ! Non, celui-là ne compte pas pour un, il ne fait jamais rien.

– Il faut avouer, ajoute Zeta, qu'il est un défi aux mathématiques, quatre plus un, normalement ça fait cinq. Pourtant, avec lui, quatre lutins plus un lutin, ça ne fait que quatre lutins et demi.

– Ce n'est pas grave, grommelle Marcel en haussant les épaules, moi je travaille pour deux. Résultat, nous sommes trois lutins qui comptent pour un, un lutin qui en vaut deux et un dernier qui fait un demi. En vrai, nous sommes cinq et demi !

– Mais laissez-le, finit par dire Harmonie, il est beau quand il dort, il sourit ! Laissez-le, vous le savez que Morphée a besoin de sommeil.

MORPHÉE

Voilà, celui qui ronfle derrière le tas de paquets, c'est Morphée, le cinquième lutin, celui qui ne compte pas tout à fait pour un et dort pour deux.

Comme chaque 23 décembre, les lutins ont prévu de ranger les cadeaux dans le traîneau du Père Noël. Alors, comme chaque 23 décembre après-midi, les lutins se disputent. Heureusement, ce jour-là, comme chaque 23 décembre depuis plus longtemps que le plus ancien souvenir du plus vieux des lutins, le Père Noël arrive pour tout arranger.

– Ne me dites pas que vous êtes encore en train de vous battre ! s'amuse-t-il.

– Heu… Nous discutons et nous ne sommes pas tous d'accord. Pourtant, c'est quand même évident, on aurait dû calculer avant !

RRROOoNNN!!

– Pas du tout, commençons par le plus gros et puis tassons ensuite !

– Je propose que nous mettions les rouges en premier, puis les bleus et les jaunes et enfin les verts en dernier.

– Moi, je n'aime pas ranger les cadeaux, c'est nul, c'est fatigant !

Les uns après les autres, comme chaque année à la même date, les lutins expliquent donc au Père Noël ce qu'il faudrait faire et déplorent que les autres refusent de le faire

– Et pourtant, vous le savez, vous, Père Noël, que c'est moi qui ai raison ! lâchent en même temps Marcel, Harmonie, Zeta et Ronchon. Même Morphée, d'un sonore et très affirmatif « Rrrrrronnnnnn », donne son avis.

– Cette année, il y a du nouveau ! s'exclame le Père Noël, tout joyeux de l'effet qu'il est déjà sûr de produire. Cette année, c'est moi qui vais tout ranger !

– Vous ? Tout seul ? Mais enfin, Père Noël, à votre âge, c'est déraisonnable ! Vous n'avez plus la force, proteste Marcel.

– Et puis je vous connais, s'inquiète Harmonie, vous allez encore mélanger toutes les couleurs.

– En plus, continue Zeta, quand on voit comment est rangée votre chambre, vous n'y arriverez jamais.

– Moi, j'aime pas quand c'est vous qui rangez ! conclut Ronchon.

Le Père Noël s'approche du traîneau en riant, et il appuie sur un bouton rouge au milieu du tableau de bord. Aussitôt le coffre s'ouvre, une pince géante en sort et attrape tous les

paquets. En une minute, c'est fait, tout est rangé. Elle met les gros en premier, les rouges avec les rouges, les verts avec les verts et dispose tout de façon mathématique et logique.

Les lutins sont subjugués.

– C'est une nouveauté, explique le Père Noël. Une invention de cette année, je savais que ça me servirait ! Et maintenant, à table ! ordonne-t-il en riant et en filant vers sa maison.

À la table du Père Noël, tout le monde est invité. D'un côté, il y a de jolies chaises en bois clair, de l'autre de belles bottes de paille où viennent s'asseoir les rennes ; d'un côté mille délices sucrées, éclairs au chocolat, pièces montées, choux à la framboise, tarte à la rhubarbe et de l'autre mille plats orange : flancs, gâteaux, jus, clafoutis, mirotons et beignets, tous à la carotte.

– Dans 24 heures, on décolle, dit le Père Noël, alors il faut être en forme. Prenez des forces !

Tout le monde rit et parle en même temps, et cela fait un joyeux brouhaha. Comme chaque année, les lutins ont réussi leur mission, tous les cadeaux du monde ont été fabriqués, comme chaque année il ne manquera pas un jouet, pas un train miniature, pas une poupée, pas un jeu de société et tous les chaussons du monde seront remplis. Pendant ce repas, les lutins oublient de se disputer, les rennes racontent leurs plus beaux souvenirs de voyages et tout le monde est heureux. Et même Morphée, que les parfums sucrés d'un cake aux amandes ont réveillé, s'est attablé et participe au dîner. Il finira par s'endormir, c'est sûr, mais pas avant d'avoir goûté la tarte aux framboises. Au mur, un gros cadran qui sert de compte

à rebours, indique « Moins quatorze heures ». Demain, le Père Noël décolle à midi.

Un peu plus tard, assis sur son lit, le Père Noël brosse son manteau, époussette sa veste, cire ses bottes et sa ceinture, ébouriffe le pompon de son bonnet, vérifie qu'il rentre encore dans sa tenue, puis il se couche, persuadé d'être le plus heureux des Pères Noël. Cette nuit-là, comme toutes les nuits avant Noël, le Père Noël rêve de cadeaux et de cheminées, les rennes rêvent des nuages qu'ils vont survoler et les lutins, des vacances dont ils vont enfin pouvoir profiter.

– C'est vrai, grogne Ronchon, ça fait quand même dix mois que nous n'arrêtons pas !

– Oui, mais nous avons fait de belles choses ! murmure Harmonie.

– Moi je suis à peine fatigué, ajoute Marcel en admirant ses biceps.

– De toute façon j'étais sûr que nous arriverions à finir dans les temps, j'avais tout calculé ! se rassure Zeta.

Il n'y a que Morphée qui ne dit rien. Dans son lit, il ronfle déjà.

Chapitre 2

CHANGEMENT DE PROGRAMME

Un rayon de soleil tout neuf se faufile entre les volets de la chambre du Père Noël et vient faire scintiller un réveille-matin. D'habitude le Père Noël ne met jamais de réveil, il se réveille quand il se réveille. Il n'est jamais trop pressé, il aime bien faire la grasse matinée. Mais, le matin du 24 décembre, ce n'est pas du tout pareil ! Le matin du 24, ça serait trop grave de ne pas se lever à la bonne heure. Alors, ce matin-là, à neuf heures pile, toute la collection de réveils du Père Noël sonne. Il y en a de toutes les tailles et de tous les pays du monde, de toutes les couleurs et de toutes les formes, ils « dringuent », ils « twiiitent », ils « bipbipent » et ils « tititItent ».

– C'est le grand jour ! s'exclame Sigmund qui est perché au bout du lit du Père Noël et s'envole dans la chambre pour éteindre un par un tous les réveils.

Sigmund est le plus vieil ami du Père Noël. C'est un hibou et il est aussi vieux que son maître. Ensemble ils mangent des chocolats et complètent des mots croisés en attendant qu'arrive le jour de Noël.

– Voici un bon petit déjeuner ! dit l'oiseau en posant un lourd plateau sur le lit du Père Noël.

Devant le Père Noël, il y a un bol de café si grand qu'un ours blanc pourrait s'y baigner, si noir qu'une chauve-souris pourrait y voler et si bon qu'il faut le boire très vite avant que Sigmund lui-même ne vienne le siroter. Et puis il y a ses tartines préférées, pain grillé, beurre salé, camembert et cornichon. Il y a aussi un grand verre de jus de betterave, un ou deux artichauts et un bol de chocolat pour y tremper les feuilles.

– Sigmund, tu es le meilleur !

Quand il a fini son petit déjeuner, le Père Noël baille, s'étire avant de se gratter la barbe et le ventre. Il est toujours aussi heureux. C'est le plus beau jour de l'année. Alors, léger comme une plume au premier soleil du printemps, il s'assied au bord de son lit. Il pose un pied par terre, puis un second et se penche pour enfiler ses chaussettes, les spéciales « nuit de Noël », les plus belles, celles qui sont rayées rouge et blanc, et qui ont des petits sapins verts et dorés brodés en haut. Une fois qu'il les a enfilées, le Père Noël remue les orteils, oui, elles sont vraiment du plus bel effet.

C'est alors qu'il veut se redresser et…

– HAAAAAAAAAAAAAAAAAAAAAAAAA AAAAAA !

Une douleur fulgurante traverse le bas du dos du Père Noël… impossible de bouger, il est coincé, plié en deux, assis sur son lit, penché au-dessus de ses chaussettes… Comme une vieille serrure toute rouillée, comme une porte mal graissée, comme une poignée grippée… le Père Noël est bloqué !

– Je vais respirer très fort et ça va passer !

Mais après dix, vingt, trente respirations plus fortes que celle d'un éléphant qui va traverser

l'océan à la nage, impossible de bouger, toujours coincé ! Le Père Noël ne peut plus bouger.

– HAAAAAAAAAAAAAAAAAAAAA !

Il pousse un grand cri de détresse.

Alors il comprend qu'il pourrait bien rester comme ça toute la journée et que, pour la première fois depuis plus longtemps que très longtemps, cette année, il se pourrait très bien qu'il n'y ait pas de cadeaux dans les souliers des enfants.

Alors le Père Noël a très envie de pleurer.

– Sigmund, il faut que tu m'aides !

Le hibou secoue ses ailes et file aussi vite que possible. Mais Sigmund est un peu vieux et dans la panique, il a oublié de poser sur son bec ses lunettes de vol ! Alors il se cogne un peu partout et met du temps à arriver chez les lutins. Déjà debout pour assister au grand départ, les cinq amis sont en train de finir de prendre leur petit-déjeuner.

– Vite ! Vite, il faut venir, vite !

– Que se passe-t-il ? demande Harmonie.

– Le Père Noël est bloqué... Noël risque d'être annulé ! piaille l'oiseau très agité.

En une demi-seconde, les lutins ont abandonné leurs tartines entamées, ils courent dans les couloirs (alors qu'ils savent très bien que c'est interdit), ils courent dans les escaliers (alors qu'ils savent très bien que c'est dangereux) et débarquent comme des fusées dans la chambre du Père Noël. Le spectacle qu'ils découvrent est terrible.

– Père Noël, tout va bien ? demande Harmonie.

– Noooooooooon ! se lamente ce dernier. Ça ne va pas bien, pas bien du tout ! Il faut m'aider ! Je vous en supplie !

Marcel se précipite et, en deux temps trois mouvements, il attrape le Père Noël et essaie de l'allonger.

– MOUHAAAAAAAAAAAAAAAAAAA !! hurle le Père Noël. Que personne ne me touche ! J'ai mal, j'ai très très mal, j'ai beaucoup trop mal…

– Qu'est-ce qui se passe ? demande Morphée qui a été réveillé par les cris et arrive après les autres.

– Je pense que c'est un lumbago ! déclare Sigmund qui a ouvert un énorme dictionnaire à la page « mal au dos ».

– Un limba quoi ? bredouille Harmonie.

– Go, lumba-go, explique Sigmund toujours le bec dans le livre, avant de continuer la lecture, « douleurs occasionnelles ou chroniques dans la région des lombaires ».

– Ouf, ça doit être autre chose, répond Marcel, soulagé. Nous ne sommes pas dans les Lombaires ici, nous sommes au Pôle Nord.

– Lombaires, ça veut dire le dos, s'amuse Zeta.

Alors les lutins essayent tout ce qu'ils connaissent contre le mal de dos, c'est-à-dire pas

grand-chose. Marcel fait un massage avec de l'huile, Harmonie prépare une tisane, Zeta plonge dans ses livres à la recherche d'une solution et Ronchon râle.

Mais il faut rapidement se rendre à l'évidence…

– C'est une giga-catastrophe ! soupire Zeta ! Notre Père Noël est à 90 °, au lieu d'être à 180 °, ce qui est une régression… Il ne peut toujours pas bouger, c'est un désastre. (Pour ceux qui ne sont pas super forts en maths, comme Zeta, ça veut dire que le Père Noël est coincé en forme de « L » et n'arrive pas à se lever et à se déplier.)

– C'est terrible, ajoute Harmonie, en plus, avoir mal lui donne très mauvaise mine, il est tout gris.

– C'est nul ! grogne Ronchon en haussant les épaules, le limbatruc, c'est nul.

– Rooooo Rrrronnnnnn, se contente de ronfler Morphée qui s'est endormi sur le lit à côté du Père Noël.

– Et qui va distribuer les cadeaux ? demande tout à coup Marcel.

– HAAAAAAAAAAAAAAAAAA ! crie le Père Noël de tristesse avant d'ajouter : VOUS ! Vous ! Vous devez y aller à ma place. C'est la seule solution.

– Même pas en cauchemar ! tonne Ronchon. Les vacances commencent aujourd'hui, moi je me repose !

– Mais nous ne l'avons jamais fait ! objecte Harmonie. Et puis j'avais prévu de peindre pendant quelques jours. J'ai deux ou trois idées pour faire de jolis tableaux.

– Je n'ai pas le temps, proteste Marcel, je dois faire de la muscu, je suis en retard sur mon programme.

– La structure du traîneau résistera-t-elle à cinq lutins ? Aurons-nous assez de place ? Est-il raisonnable d'imposer aux rennes une dépense d'énergie inconsidérée en raison d'un surpoids de lutins ? interroge Zeta.

– Si on a le droit de faire une petite sieste de temps en temps, moi je veux bien y aller ! dit Morphée qui, tout à coup, semble très réveillé.

– Vous avez une autre solution ? demande Sigmund en regardant son vieil ami tout coincé.

Et là, personne ne répond. Non, il n'y a pas d'autre solution.

À l'étage du dessous, dans le salon, la grande pendule indique désormais « Moins une heure », il faut se dépêcher.

– Ouvrez le placard, vous allez trouver de quoi vous habiller, tranche le Père Noël. Il n'est plus temps d'hésiter.

Dans le placard, on trouve toutes les tenues que le Père Noël a portées depuis son plus jeune âge. (Car on ne le dit pas assez, mais le Père Noël aussi a été enfant. Et d'ailleurs, laissez-moi vous confier une chose admirable et qui se sait trop peu… Chez tous les Pères Noël, ceux qui étaient là avant le Père Noël et ceux qui seront là après lui, la barbe pousse très tôt. C'est vers dix ans, quand ils sont désignés pour devenir le nouveau Père Noël, que, tout à coup, leur barbe pousse. C'est d'ailleurs comme ça que l'on sait qu'un nouveau

Père Noël est arrivé, quand, à dix ans, une barbe blanche lui pousse au menton !)

– Choisissez ! ordonne le Père Noël.

– C'est obligé ? demande Harmonie qui n'est pas sûre de trouver sa taille ni que le rouge lui aille si bien au teint.

– Oui, pas de tenue, pas de tournée. Le Père Noël, même si ce n'est pas lui, se doit d'être rouge.

Pendant quelques minutes ça se bouscule dans le placard, on essaye les vestes et on échange : Marcel prend la plus grande et Harmonie la plus petite. On essaye les ceintures, c'est Marcel qui prend la plus grande et Harmonie la plus petite. On échange aussi les bonnets et là, c'est Zeta qui prend le plus grand. Morphée ne fait guère attention et repart avec un pantalon trop long. Ronchon est comme à son habitude grognon, le bonnet le

gratte, la veste le gêne, le pantalon est trop grand, la ceinture trop large.

– Et pis, j'aime pas le rouge ! J'aime pas non plus le blanc, j'aime pas la fourrure !

– Ce n'est pas de la fourrure, répond le Père Noël, c'est de la laine.

– Ben, c'est pareil, j'aime pas la laine, ça gratte ! Je ne veux pas sortir avec ça !

Le Père Noël respire un grand coup et s'oblige à rester calme.

– Écoutez-moi bien, les amis : là-haut, il fait si froid que même le soleil met un manteau, il y a tellement de vent que même les montagnes risquent de s'envoler. Alors, si vous ne mettez pas ces manteaux, vous n'arriverez même pas à la première cheminée, vous serez congelés bien avant, comme les glaces au cassis que vous dégustiez l'été dernier !

– On pourrait plutôt choisir des glaces au citron ? tente Harmonie.

– Je peux emporter un oreiller ? demande Morphée.

– C'est pas gagné, soupire le Père Noël. Avant de partir, vous devez aussi prendre une paire de lunettes… c'est indispensable.

Les lunettes, cerclées de cuir épais et aux gros hublots noirs, transforment immédiatement les lutins en mouches géantes.

À ce moment-là, dans le grand salon, sur la grande cheminée du Père Noël, la grande pendule sonne. Le compte à rebours est à zéro !

– Il faut y aller, dit le Père Noël. Si vous partez tout de suite, demain, quand les enfants descendront devant leur cheminée, ils trouveront leurs cadeaux. Mais si vous attendez… ils n'auront rien.

– Mais comment pilote-t-on le traîneau ? s'inquiète soudain Zeta.

– Vous verrez, ça n'est pas très compliqué ! En plus les rennes vous aideront, ils sont experts en pilotage ! Et puis, prenez ce téléphone, s'il y a quoi que ce soit, appelez-moi, je répondrai ! Je serai votre tour de contrôle, votre ange gardien. Si vous avez un problème, je trouverai la solution. Compris ?

– Cinq sur cinq, répond Zeta.

– OK, dit Marcel, sinon, comme je suis très fort, je la trouverai, moi, la solution !

– Pourrait-on changer le fond d'écran du téléphone ? demande Harmonie, je n'aime pas beaucoup celui que vous avez choisi !

– Moins de bruit, chuchote Morphée. Quelqu'un a vu mon oreiller ?

– Je déteste quand on me contrôle, proteste Ronchon.

Chapitre 3

EN ROUTE !

Les lutins sortent de la maison du Père Noël et se dirigent vers le traîneau.

En les voyant arriver, les rennes explosent de rire et se roulent par terre. De mémoire de rennes, jamais on n'a vu une chose aussi drôle. Ils applaudissent et félicitent les lutins.

– De toutes les blagues que vous nous avez faites jusqu'ici, c'est de loin la meilleure ! s'exclame Alfred.

– Mais ils ne nous ont jamais fait de blagues, s'étonne Albert.

– Du coup Alfred a raison, explique Alex à Albert, si c'est la première blague, c'est forcément la meilleure.

– Espérons que ça soit la dernière, soupire Alphonse, moi je ne la trouve pas drôle du tout cette meilleure blague.

– Ce n'est pas une blague, lâche Zeta. Le Père Noël est bloqué du dos, nous le remplaçons.

Et là, d'un seul coup, les rennes ne rient plus du tout.

Les lutins montent à bord du traîneau et s'installent.

– Qui prend les commandes ? demande le Père Noël sur le petit écran du portable.

– Moi, répond Zeta, forcément moi, je suis la plus intelligente.

– Moi, répond Marcel, forcément moi, je suis le plus fort !

– Moi, répond Ronchon, forcément moi, je déteste quand c'est pas moi qui conduis !

– Moi, mais avant je vais installer des coussins et une capote pour que ça soit plus confortable, répond Harmonie.

Morphée, ne répond rien, il s'est allongé sur la banquette arrière et dort déjà.

– Stop ! hurlent les rennes d'un seul braiement. Avant de partir, il faut vérifier la Tchaik Liste !

– La quoi ? s'étonnent les lutins d'un même haussement de sourcil.

– La Tchaik liste ! Pour tout vérifier, s'assurer que le traîneau est en état de voler, que tout est

OK, que nous n'allons pas tomber du ciel comme des châtaignes à l'automne.

Alors commence une succession de petites ou grandes choses qu'il convient de « tchaiker », afin de voler toute la nuit en sécurité. Les lutins commencent par vérifier l'état d'usure des patins et leur gonflage, avant de faire la même chose avec les sabots des rennes.

– Il y en a un qui a un sabot sous-gonflé, demande Marcel. Je fais quoi ?

– Tu regonfles ! ordonne le Père Noël.

– Comment on fait ? demande le lutin, avant de recevoir une « notice explicative » avec schémas et instructions sur l'écran du portable.

Marcel attrape alors le renne et il lui souffle dans une oreille. Et puis, au bout d'un moment, on entend un petit « plop » dans le sabot un peu trop mou.

Ensuite, il faut vérifier le frein à main, le frein de secours, les aéro-freins, le parachute de survie, puis le chauffage et encore tout un tas de trucs, de machins et de bidules.

Au bout d'un quart d'heure, une lumière verte s'affiche sur le tableau de bord ! Tout est OK, paré pour le décollage.

– En route ! s'écrient les rennes.

– Et qui conduit alors ? s'écrient en même temps quatre lutins.

– Nous, répondent les rennes.

Juste avant le départ, d'une voix émue et un peu tremblante au téléphone, le Père Noël donne ses dernières recommandations :

– Mettez bien vos lunettes de vol, remontez vos cols et vos capuches, gardez bien bras et mains à l'intérieur. Bonne chance, mes lutins, je compte sur vous, les enfants du monde entier comptent sur vous ! En route !

Les rennes commencent à trottiner, d'abord tout doucement, puis plus vite, puis très vite. Alors, sans un bruit, sans une seule secousse, sans même qu'ils s'en rendent compte, les lutins découvrent que, pour la première fois de leur vie, ils volent. Émerveillés, ils regardent la Terre qui défile loin sous eux. La neige scintille dans les derniers rayons du soleil qui est déjà bas sur l'horizon, les sapins saupoudrés de blanc semblent être des décors sur une bûche aux marrons, et en un saut, le traîneau franchit les cimes de la montagne qui semble si petite de là-haut. Oui, vraiment, voler c'est merveilleux.

– C'est magique, dit Harmonie.

– C'est fort ! ajoute Marcel.

– C'est surtout scientifique, explique Zeta. Si on tient compte de la pesanteur et de la puissance de traction des rennes, en multipliant par un coefficient adéquat le nombre de foulées des quatre

fois quatre pattes qui nous propulsent et en relativisant l'effet vent contraire qui atténue le reflux d'air chaud en provenance du sol et, si on n'oublie pas la poussée d'Archimède et les contraintes que font peser sur nous les…

– Chut, lui dit Harmonie gentiment, oublie les chiffres, oublie les maths, oublie la science et profite, c'est beau, c'est juste beau.

Alors Zeta cesse de compter, de calculer la vitesse, les hauteurs et les trajectoires, de tout prévoir. Elle regarde, soupire de bonheur et réussit presque à rêver.

Ronchon aussi oublie de ronchonner, de râler, de grogner, de protester, il ouvre de grands yeux derrière ses lunettes et lui aussi, pour une fois, il est heureux.

Harmonie a sorti un pinceau, une mini-boîte d'aquarelle et un petit carnet qu'elle a toujours dans une poche puis, après avoir trempé son pinceau dans un nuage, elle fait un joli dessin pour se souvenir, pour ne jamais oublier combien voler en traîneau est beau.

Marcel, qui s'était envolé avec une paire d'haltères, pour ne pas perdre son temps et s'entraîner régulièrement, les a posées à ses pieds et admire les étoiles.

– Regardez, dit Zeta tout à coup, regardez, des lumières, voilà des habitations, c'est parti !

Le traîneau arrive tout près de la première maison, il descend et vient s'arrêter au bord du toit. Alors, le premier cadeau sort automatiquement du coffre, un lutin l'emporte, saute sur la cheminée, y descend avec le paquet, le dépose dans le salon au pied du sapin, puis remonte comme il est arrivé. Zeta, Marcel, Ronchon et Harmonie sont tout heureux.

– C'est d'une facilité déconcertante, s'amuse Zeta, je crois que même un Père Noël saurait le faire.

– C'est nul quand c'est trop facile, grogne Ronchon. Mais j'aime pas non plus quand c'est trop difficile, ajoute-t-il aussitôt.

C'est donc une nuit de Noël parfaite qui commence. Il neige un peu, la lune passe de temps en temps le bout de son nez entre les nuages et le traîneau file de cheminée en cheminée. Les lutins plongent dans les conduits, déposent ici un paquet, en laissent là deux ou trois, ressurgissent à toute vitesse, et recommencent aussitôt avec d'autres cadeaux, devant d'autres sapins, dans d'autres maisons. Les rennes sont de bonne humeur jusqu'au bout des sabots.

– Pour notre première fois, nous avons beaucoup de chance ! s'exclame Marcel.

– Oui, mais c'est quand même assez salissant, regrette Harmonie. À force de glisser dans ces

cheminées, mon manteau est tout noirci aux coudes et même un peu sur les épaules !

– Arrête de râler, s'amuse Ronchon, ce n'est pas grave.

Au village suivant, le traîneau se pose sur le plus grand toit, les cadeaux sortent et les lutins distribuent. La pince attrape et tend les paquets aux lutins, l'invention du Père Noël est vraiment épatante.

– Tout est si facile ! s'exclame Zeta, cette pince est une invention merveilleuse. Décidément, la science est la plus belle chose au monde !

– Moi j'aime pas trop la science, grogne Ronchon.

– C'est quand même moins beau qu'un bouquet de fleurs, ajoute Harmonie.

– Mais faut reconnaître que c'est très fort ! conclut Marcel et sans le vouloir, il appuie sur le bouton rouge, celui qui met la pince en action.

Il se passe alors une chose inattendue et surprenante, une catastrophe ! Soudain folle, la pince attrape un tas de cadeaux et les sort du coffre. Elle en dépose ici, en jette là et en envoie d'autres voler un peu plus loin.

– Oooooh, crie Marcel, et le temps qu'il appuie une nouvelle fois sur le bouton… des dizaines de cadeaux sont désormais éparpillés un peu partout.

– J'avais bien dit que la science, c'est nul ! grogne Ronchon.

– C'est pas la science qu'est nulle, c'est ce balourd de Marcel qui laisse traîner ses gros doigts partout.

Dans la seconde qui suit, Marcel, Zeta et Ronchon commencent presque à se battre. Ils se tiennent par la barbichette, même quand ils n'en ont pas, et prononcent des mots très laids, des mots qui écorchent la langue et font mal aux oreilles, des mots qu'on n'a pas le droit d'écrire. D'ailleurs, Harmonie, elle, se bouche les oreilles.

– Stop ! hurlent les quatre rennes. Nous sommes à peine partis et déjà vous perdez du temps ! Si ça continue comme ça, nous ne finirons jamais la mission !

Alors, aussi vite que possible, les lutins ramassent et rangent les paquets, ils auraient peut-être pu utiliser la pince mécanique… mais plus personne n'ose appuyer sur le bouton rouge.

Et puis le voyage repart, en retard. Il faut faire vite, accélérer, galoper pour les rennes et plonger dans les cheminées sans respirer pour les lutins.

Mais à bord, le calme est revenu et, bonne nouvelle, la pince fonctionne normalement. La nuit continue, tout va bien.

Chapitre 4

SAUVETAGE ET CATASTROPHE !

Mais soudain : OUUUIIIIOOOUUIUUUIII ! Une alarme se met à sonner dans le traîneau et, sans raison apparente, celui-ci se met à piquer droit vers le sol !

– On va s'écraser, hurle Zeta.

L'alarme sonne, stridente et ininterrompue ! Les lutins sont obligés de s'accrocher au traîneau pour ne pas s'envoler. La Terre se rapproche de

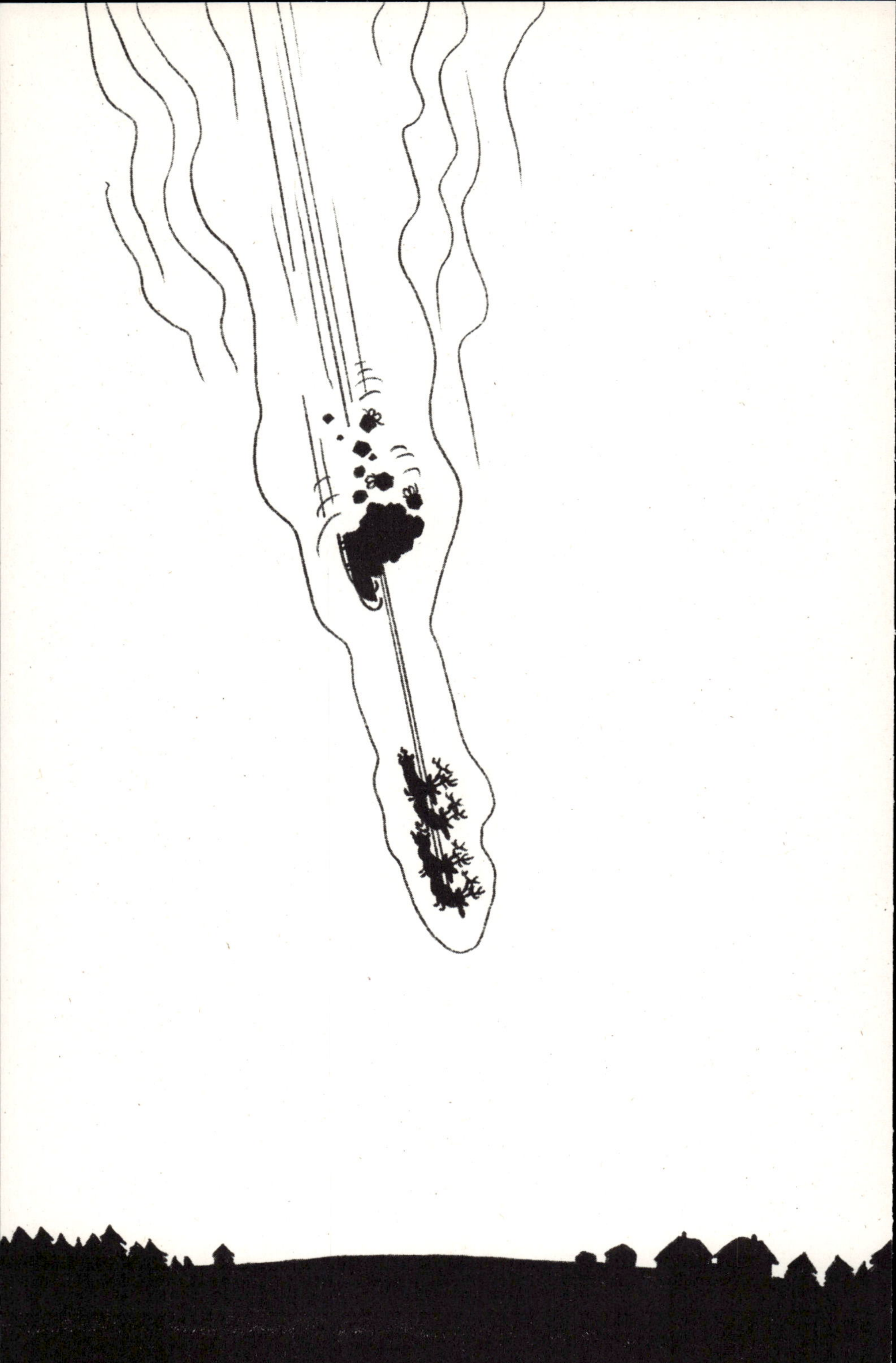

plus en plus vite. Pourtant, les rennes ne semblent pas s'inquiéter, on dirait même qu'ils sont heureux de la situation !

Sur le tableau de bord, un gros voyant orange clignote.

– Ça veut dire quoi ? hurle Harmonie dans le vent glacé.

– J'appelle le Père Noël, hurle Zeta, qui a réussi à attraper le téléphone.

Bip, bip, bip… Tut, tut, tut… Clic…

– Allo, qui est à l'appareil ?

– C'est nous, les lutins, s'écrie Zeta, soulagée. Il faut nous aider, nous avons un GROS problème.

– Pas de panique ! Que se paaaaa…. il….. Tut, tut, tut…

– Allo, allo, allo… Père Noël, je vous ai perdu !!!

Alors, Zeta, qui essaie de ne pas paniquer, appelle de nouveau… et tombe sur le répondeur.

– C'est une catastrophe, se lamente-t-elle. Qu'est-ce qu'on peut faire ?

Harmonie s'écrie :

– Je crois qu'il y a un mode d'emploi dans la boîte à gants… il faut l'attraper !

Marcel, qui est vraiment plus fort que les autres, réussit, en s'accrochant au dossier des banquettes, à progresser jusqu'à la boîte à gants, à l'ouvrir et à en sortir un très gros livre écrit en tout petit. Il le tend à Zeta.

Elle se plonge dans le manuel, elle tourne les pages, elle cherche ici, cherche là et finit par s'exclamer :

– J'ai trouvé ! C'est la « Carotte-Warning » qui s'est allumée. Apparemment, ce n'est pas grave du tout.

– Si c'est une alarme, ça ne peut pas ne pas être grave ! s'inquiète Harmonie.

– Ça veut dire que nous passons près d'une ZAFDC !

– Mais ça veut dire quoi ? s'étonnent Marcel et Ronchon en même temps.

– Ça signifie Zones À Forte Densité de Carottes... Je crois que nous aurions dû éviter de passer par là ! Dans le manuel, il est écrit que, quand les rennes s'approchent de carottes, ils perdent tout contrôle.

– Ah, c'est donc une bonne nouvelle, dit Morphée qui vient d'ouvrir un œil. Nous n'allons pas mourir, ils vont juste se nourrir !

Et il se rendort aussi vite.

Le traîneau est maintenant presque arrivé au sol, encore quelques mètres et il va s'écraser.

– Maman ! hurle Harmonie.

– Je ne suis pas du tout d'accord pour finir ma vie ici ! proteste Ronchon.

– Si on réussissait à sortir un parachute de la taille de… Pi fois 7,34, plus le poids au carré de la masse des rennes divisés par le nombre de cadeaux… oui, avec un tel parachute, je crois que nous pourrions survivre ! calcule Zeta.

– Ah, si seulement je savais voler ! regrette Marcel.

– AAAAAAAAAAH, crient-ils tous ensemble.

Et puis, juste avant de se fracasser, les rennes freinent et se posent devant un immense hangar en bois couvert de neige. Sur une gigantesque pancarte, on peut lire « Carottes à gogo, la carotte qu'il vous faut ».

Les rennes se détachent et se précipitent dans le hangar.

Une seconde après, encore sur le traîneau, les lutins entendent un grand cri de joie. Et, quand deux minutes plus tard, à leur tour, ils entrent chez « Carottes à gogo », ils découvrent un spectacle étonnant. Devant eux, bien rangées dans des étagères à perte de vue, il y a des carottes. Partout, sous toutes les formes possibles, il y a des carottes. Une montagne de carottes crues, des milliers de boîtes de conserve de carottes, des millions de sachets de carottes séchées, des dizaines de millions de bonbons à la carotte, de gâteaux à la carotte, de cake à la carotte, de biscuits à la carotte, de petits pains à la carotte, de viennoiseries à la carotte, tout n'est qu'ordre, beauté, carottes, carottes et encore carottes !

Sous les yeux des lutins, dans un ensemble parfait, comme des nageurs sur le départ d'un cent mètres, Alfred, Albert, Alex et Alphonse plongent et disparaissent dans une immense cuve emplie de carottes crues, belles et brillantes. Les voilà qui nagent le crawl ou la brasse et croquent au passage des grosses bouchées de carottes.

Incrédules, leurs lunettes de vol relevées sur le front, les lutins n'en reviennent pas. Ils ne voient plus rien des rennes, sauf de temps en temps, un bois, une patte, un museau ou une petite queue blanche, qui tour à tour apparaissent au milieu de l'orange, avant de replonger immédiatement.

Les lutins ont beau appeler, crier, supplier, tempêter, rien n'y fait, les rennes ne veulent pas sortir. Cette piscine de carottes les rend fous de joie et de bonheur, et un peu sourds aussi.

– Laissez, je m'en occupe ! dit Marcel. C'est une situation qui exige de la force et je suis le plus fort ! Je vais aller les chercher !

À son tour, Marcel plonge dans les carottes. Mais le lutin a oublié une chose. Il court très vite, il saute très loin, il peut soulever un éléphant et porter une baleine, mais Marcel ne sait pas nager…

Rapidement, de Marcel on ne voit plus que le bout du bonnet qui dépasse et, de temps en temps, une main qui appelle à l'aide en agitant ses petits doigts. Marcel est bel et bien en train de se noyer dans les carottes !

– Ça m'énerve ! grogne Ronchon, ça m'énerve, mais je vais devoir aller sauver cette andouille ! Ronchon est encore plus grognon que d'habitude,

car, s'il y a une chose qu'il déteste par-dessus tout, c'est de se baigner, que ce soit dans de l'eau, ou même dans des carottes. Ronchon sait nager, mais il n'aime pas ça.

Ainsi, deux minutes plus tard, étendu sur le bord du bassin de carottes, Marcel recrache quelques morceaux orange et, enfin, retrouve son souffle.

– Laissez-moi quelques minutes et je vous trouve une solution scientifique ! promet Zeta.

Alors elle baisse les paupières, fronce le bout de son nez et réfléchit si fort que ses oreilles se mettent à vibrer. Et puis, au bout de quelques secondes, elle ouvre les yeux et déclare :

– Facile ! Il faut considérer X comme l'inconnu et A, B, C et D comme les éléments à retrouver. Si X est le moyen que A, B, C et D se retrouvent dans T, considérons que la distance entre l'abscisse et la courbe sinusoïdale de la tangente au point Q est la somme de toutes les forces nécessaires pour que X+A=T/BD+D-Z…

Mais Zeta n'a pas le temps de terminer, Harmonie vient de lui clouer le bec avec une carotte attrapée dans le bac. Puis elle se précipite sur une énorme trappe qui est devant elle et l'ouvre. Alors la piscine se vide en un flot orange ininterrompu.

Les quatre rennes se retrouvent rapidement à nager dans un grand bain tout vide. Ils pédalent dans les airs, le ventre posé sur un ciment froid et lisse. Pendant que les carottes fuyaient, Harmonie a fouillé dans les cadeaux et trouvé quatre cannes à pêche. Au bout de chacune, elle y a accroché une belle et juteuse carotte. Elle tend une canne à chaque lutin.

– Et maintenant, nous allons faire de la « pêche au gros » ! Faites comme moi !

Harmonie lance sa ligne juste devant le nez d'un des rennes qui aussitôt se met à frémir et à se diriger vers la carotte. Zeta, Ronchon et Marcel l'imitent et c'est ainsi qu'ils attirent les rennes jusque dehors, devant le traîneau !

Le nez toujours frémissant, le cerveau entier paralysé par l'odeur de carotte qui les attire, Alfred, Albert, Alex et Alphonse ne se rendent même pas compte qu'on est en train de les attacher à leurs harnais et bientôt les voilà qui redécollent, toujours en train de suivre les carottes accrochées au bout des cannes à pêche.

Au bout de quelques minutes, pourtant, ils se rendent compte que quelque chose cloche… Mince, ils ont quitté sans s'en rendre compte « Carottes à gogo » et volent dans les cieux.

– J'ai l'impression que nous nous sommes fait avoir… murmure Alfred.

– Oui, on devrait faire demi-tour ! s'énerve Alex.

– Je veux bien, conclut Alphonse, mais regardez, nous sommes déjà trop loin, le hangar a disparu… nous ne le retrouverons jamais ! Et puis, il y a les cadeaux à distribuer. Vous imaginez ce qui va se passer si nous rentrons sans avoir distribué tous les cadeaux ?

– N'empêche, râle Alfred, une fois à la maison, je me ferai un festin de carottes… j'ai encore faim.

Soudain, une ville immense apparaît au loin. On distingue des milliers de lumières et autant de cheminées. Dans le traîneau, les lutins se préparent. Ils savent qu'il va falloir distribuer sans relâche et faire bien attention à ne pas déposer le mauvais paquet dans la mauvaise cheminée. Bientôt, dans un ballet de gestes précis et rapides, les bras chargés des paquets que la pince a sortis, les quatre lutins glissent et descendent dans les cheminées.

– C'est quand même un beau métier ! s'exclame Harmonie.

– Peut-être, mais c'est pas le nôtre ! grogne Ronchon.

– Je crois qu'avec quelques équations, on pourrait encore améliorer le travail... Mais oui, c'est vrai que c'est un beau métier, soupire Zeta.

– Moi je pourrais le faire tout seul, ajoute Marcel en souriant, il faut être fort pour ce métier et ça tombe bien, je suis le plus fort.

Les rennes galopent, le traîneau vole, les toits défilent, les cheminées pointent le bout de leurs conduits, les cadeaux sont distribués et la nuit passe comme un rêve.

– Et hop, un de plus ! dit Marcel en visant une cheminée si haute qu'elle dépasse toutes les autres.

Mais au moment où le paquet disparaît dans l'interminable cheminée, un voyant orange se met à clignoter à bord du traîneau et les rennes freinent de leurs seize pattes, projetant des petits morceaux de nuages tout autour d'eux.

– Qui a fait ça ? rugit Alfred en tournant vers les lutins un museau furieux.

– Qui a fait quoi ? demande Zeta.

– Je ne sais pas de quoi vous parlez, mais ce n'est pas moi ! grogne Ronchon.

– Si vous cherchez qui a refait les nœuds des paquets avant de les envoyer, c'est moi… murmure Harmonie.

– Non, crie Alex, qui a envoyé un paquet dans une cheminée interdite ?

– Il existe des cheminées interdites ? s'exclament les quatre lutins.

– Bien sûr ! Mais le Père Noël ne vous a donc rien dit ? s'étonne Alphonse.

– Mais quelle plaie de travailler avec des amateurs ! ajoute Albert.

– C'est quoi, une cheminée interdite ? interroge Zeta.

– Sont interdites, récitent alors les quatre rennes d'une même voix, les cheminées d'usine, les cheminées de maison abandonnée et les cheminées qui ne servent qu'à décorer ! Les cheminées d'usines sont souvent très hautes et en briques et…

– C'est moi… glisse alors Marcel d'une petite voix. Mais il y avait un numéro 6 sur le paquet, comme sur la cheminée.

– Mais non, tu as pris le cadeau à l'envers, ce n'était pas un 6, c'était un 9 !

– Il faut le rattraper, ordonne Alfred.

– Sinon un enfant n'aura pas son paquet! ajoute Alex.

– Et ça sera la fin du Père Noël… se lamente Alphonse.

– C'est nul de travailler avec des amateurs… pleurniche Albert.

Chapitre 5

BRIN DE TOILETTE

Le traîneau s'est arrêté juste au bord de la fameuse cheminée. C'est une cheminée d'usine, interminable, des briques rouges posées les unes sur les autres jusqu'à toucher les nuages. Une pointe qui monte de la terre et vient percer le ciel pour le salir d'une grosse fumée noire et puante.

– Comment fait-on ? demande Zeta.

– Je saute, dit Marcel qui joint immédiatement le geste à la parole et disparaît dans l'orifice tout noir de la cheminée toute rouge.

– Non ! s'écrient, mais trop tard, les quatre rennes. Mais qu'il est idiot ! Comment va-t-il faire pour remonter ?

Alors, toute petite et très très loin, la voix de Marcel répond du fond de la cheminée.

– J'ai retrouvé le paquet ! Mais comment je fais pour remonter ? Je suis coincé… Je ne peux plus bouger… À l'aide, au secours…

– C'est officiel, il est idiot ! grogne Alfred.

– Tu te débrouilles, ajoute Alex.

– Tu vas rester au fond jusqu'à la fin du monde ! précise Alphonse.

– On pourrait peut-être appeler le Père Noël ? propose Albert.

– Oui, bonne idée ! s'écrie Harmonie.

Le numéro composé, tout le monde attend, ça sonne une, deux, trois fois, mais à nouveau le Père Noël ne répond pas.

– Il va falloir se débrouiller sans lui, soupire Harmonie en jetant le téléphone sur la banquette arrière.

Alors il se passe deux choses. Un, le téléphone sonne, deux, Morphée se réveille et décroche.

– Allo ? Oui ? Bien sûr. Si tout va bien ? Ne bougez pas, Père Noël, je vais demander aux autres. Tout va bien ? demande Morphée à Harmonie.

– Non, répond Harmonie, rien ne va bien ! Marcel est coincé dans une cheminée. C'est la catastrophe !

– Je le savais ! Je le savais, je le savais que c'était une mauvaise idée de vous envoyer faire la tournée, panique le Père Noël chez lui. Ne bougez plus, ne touchez à rien, j'arrive ! Et…

Et la conversation se coupe. L'écran du téléphone devient tout noir. Plus aucune touche ne répond.

– Je crois que le téléphone ne fonctionne plus ! dit Morphée, un peu pâle.

– Non, répond Ronchon, regarde, c'est la batterie… Personne n'a pensé à le charger… J'aime pas quand c'est moi qui dois penser à tout !

Pendant que Ronchon met le téléphone à charger, Zeta réfléchit de son côté.

– Je crois que j'ai une idée, dit-elle avant de fouiller dans le coffre du traîneau.

– Mais que fait-elle ? se demandent les autres en l'observant au milieu des paquets.

– J'ai trouvé ! s'écrie Zeta toute joyeuse, après avoir ouvert quelques cadeaux.

– Mais c'est interdit d'ouvrir les paquets, s'écrient les rennes tous ensemble.

– Je l'ai déjà fait tout à l'heure, répond Harmonie, pour vos cannes à pêche. Il suffira de refaire les paquets ensuite et personne n'y verra rien !

– Et si personne ne le dit au Père Noël, alors personne ne le saura, hurle Marcel du fond de la cheminée. Et si personne ne le sait, alors il n'y aura pas de problème. Nous allons tous faire ici la promesse de ne rien dire et de garder le secret ! Et celui qui ne promet pas, dès que je suis sorti, c'est moi qui lui tire les oreilles. OK, les rennes ?

– C'est-à-dire que… tente Albert.

– OK, OK, disent les trois autres qui se souviennent des gros bras musclés de Marcel.

Alors Zeta explique son plan.

Une minute plus tard, accrochée aux fils des cannes à pêche qui ont servi à faire avancer les rennes, Harmonie descend dans la cheminée pour sauver Marcel. Elle a, dans ses poches, deux ou trois choses utiles pour son expédition.

– Vous êtes sûrs que c'est une bonne idée ? demande Harmonie en s'enfonçant dans le noir. Et puis ce n'est pas logique !

– Pourquoi ? demandent Zeta et Ronchon.

– Normalement c'est le plus fort qui doit aller sauver les autres ! C'est Marcel qui devrait aller me sauver, pas l'inverse ! Et puis, pourquoi moi ? gémit Harmonie.

– Parce que tu es la plus légère ! Tu vas bientôt comprendre ! répond Zeta.

Le fil se déroule tout doucement, mètre par mètre, Harmonie descend dans les noires profondeurs de la terrible cheminée. Assez vite, elle allume la lampe torche trouvée dans un paquet. Puis elle continue à s'enfoncer dans les ténèbres.

– Je ne le vois toujours pas !

Zeta a sorti une feuille et fait des calculs, tandis que Morphée, plutôt en forme pour le moment, et Ronchon tiennent chacun une canne à pêche.

– Laissez rouler pendant dix secondes puis stoppez, déclare Zeta.

Les lutins lâchent aussitôt les manivelles de leurs cannes qui tournent toutes seules.

Harmonie fait alors un plongeon vertigineux en hurlant « Au secours » et finit par stopper, net, juste au-dessus de Marcel.

– Je le vois ! Il a bien le paquet, mais il est coincé…

– C'est à cause de mes muscles, je suis trop fort… se lamente le prisonnier.

Alors Harmonie attache Marcel au même fil qu'elle et attrape dans sa poche un flacon de poudre que Zeta a trouvé dans un cadeau. C'est de la poudre à éternuer commandé par un petit farceur. Elle le secoue sur la tête de Marcel.

– Mais que fais-tu ? demande le lutin costaud.

– Je ne sais pas, j'obéis aux ordres…

– Mais ce n'est pas un peu de poudre qui va…

Marcel n'a pas le temps de finir sa phrase. Soudain, le bout de son nez frémit, il renifle une

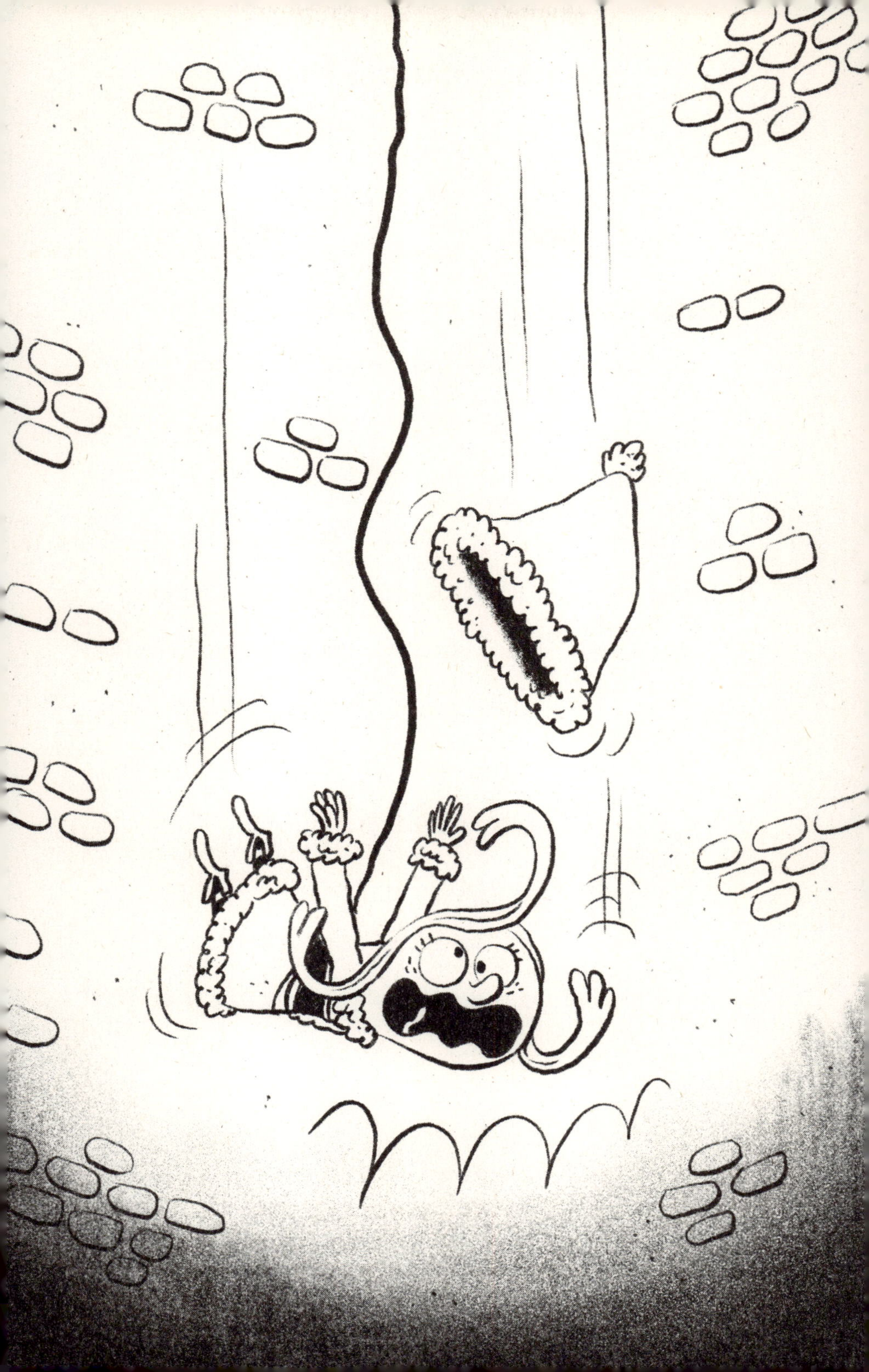

fois, deux fois, il cligne des yeux trois fois et puis, il a comme un drôle de petit mouvement du cou, un peu comme une poule qui a vu un ver… Ensuite ça va très vite, Marcel fait « Ahhhh, ahhhhhh », et enfin, dans un sublime et fort sonore « Atchouum », Marcel éternue. Il éternue si fort qu'il fait un bond, se décoince et se retrouve projeté vers le haut, entraînant avec lui Harmonie qui est très surprise.

– Je vole ! dit-elle en surgissant comme un boulet de canon hors de la cheminée.

Quelques instants plus tard, Marcel et Harmonie atterrissent dans le traîneau. Ouf, ils ont avec eux le cadeau perdu, celui qui n'aurait jamais dû se retrouver dans une cheminée interdite !

– Mais quelle horreur ! s'exclame Harmonie… Je suis toute sale !

– Et tu sens très mauvais ! s'écrie Morphée qui comptait se rendormir, mais que l'odeur a réveillé.

En effet, les deux lutins sont ressortis couverts de suie, plus dégoûtants que des cochons avant le bain annuel et plus puants que des égouts bouchés.

– Imbossible be les barder bomme za à bord ! grognent les rennes en se bouchant le nez. On ba aller leur bair brembre un bain !

Et, plongeant plus vite que la pluie en mars, plus fort que l'orage en août, voilà le traîneau qui, de nouveau, pique droit vers la Terre, à la recherche d'un peu d'eau, d'une baignoire, d'une douche, de n'importe quoi, pourvu qu'on puisse y laver deux lutins.

– Ibi ! s'exclame Alfred en désirant une piscine municipale. B'est bermé, y a bersonne, on bera branquil !

Le traîneau se pose devant la piscine.

– On a le droit de faire ça ? demande Harmonie aux rennes.

– Ba bu bout… Et bi le Bère Boël le bait… ba ba barber !

Il faut faire très vite pour que personne ne découvre la petite équipe qui, après avoir sorti la clé magique, celle que le Père Noël utilise pour passer par la porte quand il n'y a pas de cheminée, envoie Marcel et Harmonie sous la douche.

– Moi, à sa place j'aurais refusé. Je n'aime pas me laver ! ronchonne Ronchon.

Pendant que Marcel se lave et qu'Harmonie se débarbouille, Ronchon et Zeta lavent leurs vêtements avant de les sécher avec le sèche-cheveux qui sert habituellement aux baigneurs.

– Toute cette eau, ça donne vraiment envie, soupire Zeta.

– T'es dingue, s'affole Ronchon, l'eau ça mouille et ça rouille, reste ici !

– Non, moi, j'y vais, s'exclame Zeta en enlevant sa tenue avant de sauter dans le grand bain, bientôt rejointe par Harmonie et Marcel qui a enfilé des brassards trouvés dans le bac des « petits canards ».

Il ne faut pas plus de deux minutes pour que quatre rennes et trois lutins batifolent et jouent ensemble dans la piscine.

– J'ai trouvé un ballon ! s'écrie Alfred.

– Attention, je plonge du troisième niveau ! prévient Marcel.

– On fait la course ? Le premier qui arrive de l'autre côté a gagné, propose Harmonie.

– Moi je garde vos affaires… grogne Ronchon resté sur le bord de la piscine. Faut toujours que quelqu'un garde les affaires et ça tombe toujours sur moi ! peste le lutin.

– Arrête de te plaindre, lui répondent les autres en riant et en l'arrosant.

– Moi je n'aime pas qu'on m'arrose, proteste Ronchon, avant de… sauter dans l'eau en criant :

– J'aime pas qu'on m'arrose, je préfère sauter.

Et tout le monde oublie que ce soir c'est Noël, que des cadeaux attendent encore dans le traîneau et que si jamais le Père Noël était là… ça ne se passerait pas comme ça !

– Si ça se trouve le bonheur, c'est ça, une nuit dans une piscine avec des amis, soupire Albert en faisant la planche au milieu de l'eau bleue.

Pendant un court moment, qui semble durer une éternité, chacun se croit au paradis.

Et puis, alors que tout le monde a fermé les yeux et se repose, quelqu'un toque à la porte de la piscine.

– Je peux entrer ? demande une petite voix.

C'est la panique ! Lutins et rennes jaillissent hors de l'eau et se précipitent pour retrouver leurs affaires, avant d'aller se cacher.

La porte s'ouvre sur le couloir, une ombre se dessine sur le carrelage.

Dans leurs cachettes, lutins et rennes tremblent maintenant comme des feuilles à l'automne. Si jamais ils sont découverts, c'en est fini d'eux… Ils connaissent la punition, c'est dans le règlement : « Tout lutin ou renne qui sera vu par quiconque sera irrémédiablement perdu pour la mission. Quand il reviendra chez le Père Noël, il sera exclu de l'équipe et immédiatement remplacé. »

L'ombre s'avance.

Les lutins sont sur le point de s'évanouir et les rennes de partir en courant…

– Dites, vous êtes là ? demande Morphée qui vient d'entrer. Le téléphone fonctionne à nouveau. Le Père Noël vient d'appeler ; il voudrait savoir si tout se passe bien, si Marcel est décoincé ?

– Ouf, soupirent les lutins.

– On a eu chaud, soufflent les rennes.

– Catastrophe, le Père Noël ! s'écrient tout à coup les lutins.

– Horreur, le Père Noël ! s'affolent les rennes.

En dix secondes, les rennes remettent leurs grelots, se précipitent vers le traîneau et enfilent leurs harnais. En huit secondes les lutins remettent leurs costumes, sautent dans le traîneau et enfilent manteaux, bonnets et lunettes. Et en moins de vingt secondes, le traîneau vole comme s'il ne s'était jamais posé. Alors, Harmonie décroche le téléphone qui n'a cessé de sonner.

– Ah, enfin ! Mais que faisiez-vous ? J'étais inquiet ! Tout va bien ? demande le Père Noël.

– Oui, répondent d'une voix quatre lutins et autant de rennes.

– En fait, commence à expliquer Morphée qui est à moitié réveillé, tout le monde était à la piscine et…

Mais le lutin ne finit pas sa phrase, il s'est endormi.

– À la piscine ! hurle le Père Noël. À la piscine ? Mais qu'est-ce que c'est que ce cirque ?

– Mais non, répond Zeta, nous étions autour du quartier de la piscine et maintenant que nous avons fini de distribuer ici, nous filons ailleurs ! À bientôt Père Noël, reposez-vous. Nous vous appellerons s'il y a un problème.

– Vous êtes sûr que tout va bien ? grogne le Père Noël visiblement de mauvaise humeur. Montrez-moi le IDTRAF !

– C'est quoi l'IDTRAF ? chuchote Marcel à un renne.

– C'est l'Indicateur Du Travail Restant À Faire ! Si le Père Noël découvre le nombre de paquets qu'il reste à distribuer, il va se bloquer encore plus le dos, chuchote Alfred avant d'ajouter plus fort… On ne vous entend plus, Père Noël, nous

HARMONIE

passons sous un tunnel, la commu… i… tion cou… Tut tut tut….

– Un tunnel… grogne le Père Noël sur son lit… mais qu'est-ce qu'ils me racontent… Il faut vraiment que je me lève !

Chapitre 6

UN SANDWICH MAGIQUE

– Maintenant, il faut faire vite ! grogne Alfred en accélérant.

– Si nous continuons à ce rythme-là, ajoute Alex, nous n'aurons jamais terminé la tournée !

– Et si nous ne terminons pas, continue Alphonse, c'en est fini de Noël !

– Et s'il n'y a plus de Noël, s'énerve Albert, alors nous ne servons plus à rien !

– Et nous, crient alors les quatre rennes d'une seule voix, nous aimons Noël et nous voulons que ça dure encore une éternité ! Donc, on se dépêche !

Le traîneau se met à filer comme un moustique fonce sur un touriste au mois d'août. Il passe de villes en villages, survole des maisons rondes, des longues, des carrées, des basses et des hautes, en bois, en terre, en pierre, et même des igloos. Il franchit des forêts, des lacs, des rivières et des mers et même des montagnes.

– Accrochez-vous, lance Alfred, on va slalomer entre les sommets pour aller plus vite, ça va secouer dans les tournants.

Autour d'eux, tout est blanc, des pics montent si haut qu'ils finissent par se confondre avec le ciel, le vent mélange tout et le traîneau se balance d'un côté, de l'autre, penche à gauche, penche à droite et survole la neige jusqu'à la toucher.

Et puis tout à coup, il stoppe. Il pile net ! À l'intérieur, tout le monde manque de passer par-dessus bord.

– Nous avons sans doute touché la cime d'un arbre, crie Alex.

Les rennes ont beau galoper comme des fous, le traîneau ne bouge plus d'un pouce.

– Jetez un coup d'œil derrière, nous avons dû accrocher quelque chose ! déclare Alphonse.

Les lutins regardent et, à peine une demi-seconde plus tard, pâles comme la neige qui tombe en gros flocons tout autour d'eux, ils se retournent vers les rennes.

– Ce qui nous arrive n'est pas scientifique ! marmonne Zeta.

– Et c'est bien trop fort pour moi ! ajoute Marcel.

– Et puis moi j'aime pas les très grosses bêtes poilues avec des très grosses dents ! grogne Ronchon.

– Pourtant, en le coiffant un peu et en lui brossant les dents, je suis certaine qu'il pourrait être très mignon, murmure Harmonie.

– Mais qu'est-ce qui se passe derrière ? s'inquiètent les rennes.

– Il y a une énorme main, toute blanche et toute poilue, qui nous tient ! crie Ronchon.

– Et avec la main, il y a une horrible tête qui fait « Grrrrrrrrr » et qui n'a pas l'air content du tout ! s'affole Harmonie.

En effet, debout dans la neige, du bout des gros doigts de sa main immense, le Yéti retient le traîneau.

– Vous passez juste au-dessus de chez moi sans vous arrêter, gronde le monstre, ça n'est pas très gentil. Et ce n'est pas parce que je n'ai pas de cheminée que je n'ai pas le droit à un cadeau. Je veux mon cadeau ! hurle-t-il en postillonnant une multitude de flocons de neige.

Le sang des rennes se glace. Sous leurs capuches, les cheveux des lutins se hérissent et chacun s'imagine déjà finissant sa vie dans l'estomac réfrigéré de cette montagne de poils blancs.

– Vous aimez les cacahuètes ? demande une petite voix encore un peu ensommeillée.

– Les cacas quoi ? rugit la bestiole.

– Huètes, dit Morphée qui se réveille tout à fait, qui trouve que le nouveau venu a très mauvaise haleine et qui comprend qu'il faut agir très vite. Tenez, c'est mon cadeau. Et le lutin tend au géant un énorme sandwich au beurre de cacahuète, triple dose, qu'il s'était préparé avant de partir et qu'il imaginait déguster sur le chemin du retour.

Le Yéti attrape le sandwich, le renifle, y goûte du bout des dents et… sourit tout à coup comme une actrice qui tournerait une publicité pour un dentifrice.

– Chais bon ! finit-il par dire la bouche encore pleine et les yeux fermés.

Avant de repartir les rennes promettent que, désormais, chaque année, et c'est une tradition qui existe encore, le Père Noël passera et donnera au Yéti un sandwich à la cacahuète.

– Merci Morphée, tu nous as sauvés ! s'exclame Alfred.

– Oui, j'ai vu le moment où nous allions servir de petit déjeuner à ce monstre ! ajoute Albert.

– Tu es notre héros ! déclarent Harmonie, Zeta et Marcel.

– Ouaip, vous avez de la chance que je ne sois pas le Yéti, ronchonne Ronchon, car moi j'aime pas les cacahuètes !

Le traîneau file, les rennes galopent à toutes pattes, il faut rattraper le retard. La montagne est maintenant loin derrière eux et voilà les lumières d'une ville. Tout y est moderne, immense, pas une seule maison, rien que des tours qui n'en finissent pas de monter gratter les nuages. Il faut faire très attention, entre les tours circulent des avions, partout passent des hélicoptères, le ciel est très encombré. Ici, même la nuit de Noël, tout est agité.

– Mais nous risquons d'être vus ? s'inquiète Ronchon.

– Oui, soupire Alfred, mais ce n'est pas grave, les habitants de cette ville ne nous regardent plus.

– Ils ne croient plus en nous, ajoute Alphonse avec des larmes dans les yeux, alors ils ne nous voient plus.

– Nous continuons quand même à déposer nos paquets, car le Père Noël dit que, lui, il croit encore en eux.

Le traîneau se pose sur la plus haute des tours. Elle est si haute, qu'il suffit de lever le bras pour toucher les étoiles.

– Mais, comment allons-nous faire ? demande Harmonie. Il n'y a pas une seule cheminée.

– Il faut passer par là ! dit Alex en montrant aux lutins les entrées des longs tunnels de métal où circule l'air conditionné. Bonne chance.

Une fois à l'intérieur de ces tubes froids, les lutins sont obligés de ramper, de se contorsionner, de se rapetisser, de se tasser pour avancer. Bien sûr, ils en ressortent beaucoup moins sales que d'une cheminée, mais c'est tellement plus triste.

– Heureusement, dit Alphonse, il y a des villes sans cheminées qui croient encore en nous !

Et puis ils repartent et les voilà au-dessus d'une autre ville, pleine de maisons aux toits pentus et hérissés de multiples conduits et autres tuyaux.

Bientôt les lutins bondissent de toit en toit, les bras chargés de paquets et de cadeaux, ils filent l'un vers l'est, l'autre à l'ouest et les deux derniers au nord et au sud.

– Et moi ? demande Morphée qui vient de se réveiller.

– Surveille les rennes ! lui répondent les autres en disparaissant dans la nuit. Les lutins se répartissent les paquets, ils vont, viennent, revont et reviennent, le travail se passe bien et il est rapidement terminé.

– Mais, où est Ronchon ? demande Harmonie quand tout est fini.

– C'est vrai qu'il y a longtemps que je ne l'ai pas vu, baille Morphée. Peut-être s'est-il endormi en route. Ça arrive à tout le monde de s'endormir en route, ajoute le lutin en fermant les yeux.

– Ronchon, s'endormir ? Jamais ! s'exclame Zeta. Il n'est pas de ce bois-là, trop occupé à grogner pour avoir envie de ronfler.

Alors rennes et lutins, tous se lancent à la recherche du disparu ! Ils passent de maison en maison, font le tour des jardins, jettent un œil par

les fenêtres, cherchent une trace, un indice, le début d'une piste.

– Ici, venez ! appelle Zeta. Regardez, j'ai trouvé ça ! dit-elle en montrant le bonnet de Ronchon abandonné devant la porte d'une petite maison toute noire et cachée entre des buissons épineux.

Zeta se penche vers une fenêtre et regarde discrètement dans la maison. Ce qu'elle découvre lui fait froid dans le dos.

– C'est terrible, dit-elle en se retournant vers ses camarades, abominable, épouvantable, insoutenable.

N'y tenant plus, Harmonie et Marcel regardent à leur tour.

– C'est pire que tout ce que tu as dit, cette scène est d'une violence rare et d'une laideur tragique.

À leurs côtés, les rennes imaginent déjà le pire. Un par un, ils regardent le tableau et tous sont horrifiés.

Pendant ce temps-là, à des milliers de kilomètres, seul dans sa chambre, le Père Noël est inquiet. Il tente d'appeler les lutins, mais pas de nouvelles ! L'appareil est resté dans le traîneau, juste à côté de Morphée qui ronfle, alors personne ne répond.

– Ils ont besoin de moi ! Je suis sûr que les lutins ont des ennuis ! Il faut que j'aille à leur secours ! Tant pis, je me lève !

Mais, à peine est-il sur ses pieds que… Aïe, aïe, aïe ! Une douleur terrible lui transperce le dos, le cloue sur place et l'empêche d'aller plus loin que le bout de son lit.

– Je sais ce qu'il vous faut ! s'exclame Sigmund. Ne bougez pas, je reviens. Et le hibou disparaît à tire-d'aile.

Sigmund file à la cuisine. Il fouille tous les placards, plonge presque tout entier dans le buffet, cherche derrière les confitures, écarte les bocaux de haricots et soudain, pousse de grands cris de joie.

– J'ai trouvé !

Aussitôt, les ailes chargées, il remonte vers la chambre du Père Noël.

– Levez votre chemise, ordonne Sigmund au Père Noël.

Alors, sortant un pot de « Moutarde en grains à l'ancienne », le hibou lui en tartine le dos.

– Mais qu'est-ce que c'est que cette odeur ? grogne le Père Noël qui ne voit rien. Que me fais-tu ? ajoute-t-il en se dévissant le cou. Mais… je ne suis pas un rôti de dinde, pas plus qu'un lapin cocotte, ni une andouillette, ou du jambon rillettes, que fais-tu avec cette moutarde !

Le hibou ne répond pas, il tartine, il étale, il enduit, il cataplasme, il soigne.

Et, tout à coup, le Père Noël sent une étrange chaleur qui lui remonte dans le dos, il éprouve un soulagement et ferme les yeux de bonheur !

– Hum, ça va mieux ! Hum, ça va beaucoup mieux !

– Ne bougez pas, dit le hibou en repartant vers la cuisine, ce n'est pas fini !

– Tu ne vas tout de même pas me transformer en hot-dog ! s'inquiète le Père Noël.

Sigmund ne répond pas, il est déjà trop loin dans les couloirs.

Chapitre 7

IL FAUT SAUVER LE LUTIN RONCHON

De son côté, dans cette petite maison toute noire cachée derrière des buissons épineux, le pauvre Ronchon est vraiment dans une périlleuse situation.

– Comment faire ? murmure Harmonie qui n'aime pas trop le danger.

– Je pourrais essayer la force ? tente Marcel.

– Essayons plutôt la ruse, propose Zeta.

Pourtant, après cinq minutes de réflexion, et pour la première fois de sa vie, l'intelligence de Zeta ne trouve aucune solution à ce problème. Elle a beau réfléchir, calculer, émettre des hypothèses, poser des équations, à la fin, c'est toujours le même résultat qui s'impose.

– Ça va mal finir !

Marcel, lui aussi, essaie de réfléchir, mais il n'aime pas trop ça, il préfère l'action. Alors les idées s'embrouillent dans sa tête. Et une chose lui paraît évidente… même lui, qui pourtant est le plus fort des lutins, même lui qui a battu tous les rennes du Père Noël au bras de fer, même lui, Marcel, n'est pas assez costaud pour sauver Ronchon.

– Mais il faut faire quelque chose, bredouille Harmonie. Tant pis, j'y vais ! ajoute-t-elle.

Harmonie, qui des cinq lutins du Père Noël est la plus petite, la plus fluette, la plus légère et la moins téméraire, respire un grand coup, prend son courage à deux mains, ouvre la porte de la maison et entre.

Les quatre rennes sont épouvantés à l'idée de ce qui va se passer, alors ils se cachent les yeux avec deux sabots et se bouchent les oreilles avec les deux autres. Marcel et Zeta sont pétrifiés.

Dans la petite maison noire, comme il n'y a pas de cheminée, Ronchon est entré par la porte pour déposer le cadeau au pied d'un sapin un peu bizarre. Il est tout noir, immense, mais très bien décoré avec un tas de petits os peints de toutes les couleurs. Il s'est avancé jusqu'à l'arbre et, au moment où il allait déposer le paquet, il a entendu des grognements derrière lui.

– Pourvu que ce ne soit pas un humain, s'est dit Ronchon, j'aime pas du tout l'idée d'être vu par un humain. Et en plus, je risque de perdre ma place.

Il s'est retourné et il aurait dû être rassuré, ce n'était pas un humain… non, c'était bien pire que ça. Derrière lui, il y avait trois chiens plus gros et plus sauvages les uns que les autres, d'énormes molosses noirs aux dents pointues et sales, bavant et grognant comme seuls savent le faire les monstres cruels. En une seconde, Ronchon a compris qu'il allait être dévoré par ces bêtes, qu'on ne retrouverait rien de lui et que c'était son dernier Noël. Alors, dans un ultime réflexe de survie, Ronchon a sauté sur le sapin de Noël et il a grimpé au sommet. Depuis, il est tout là-haut, accroché à une tête de mort clignotante.

Et depuis, il attend.

C'est comme ça que les autres lutins et les rennes l'ont découvert en regardant par la fenêtre… Accroché à son sapin comme un pou à un cheveu, avec, plus bas, les trois molosses espérant patiemment qu'il tombe pour le dévorer.

Harmonie marche maintenant vers les chiens qui ne l'ont pas encore vue, trop occupés qu'ils sont à fixer Ronchon.

– Ouste, allez, partez, laissez mon ami tranquille, prononce-t-elle d'une voix tremblante.

Dans un même mouvement, dans un même grognement sinistre, les chiens se retournent et leurs petits yeux cruels fixent Harmonie, qui leur semble bien appétissante. Et, inexorablement, ils se dirigent vers elle.

– Couché ! essaye-t-elle de crier. Mais les mots qui restent coincés dans sa gorge ne feraient même pas peur à une puce.

Les fauves ne l'écoutent pas, ils s'approchent et sont maintenant tout près. Déjà, leurs grosses truffes noires et humides la touchent et elle sent leur haleine terrible… c'est la fin… Harmonie va mourir.

– Non ! hurle Ronchon en sautant depuis le haut du sapin.

– Non ! hurlent Marcel et Zeta en entrant en courant dans la maison.

Les rennes eux ne disent rien, avec leurs sabots sur les yeux et dans les oreilles, ils ne réalisent pas du tout ce qui est en train de se passer.

Et Morphée dort toujours.

C'est trop tard, Harmonie est recouverte par un tas de chiens, elle est engloutie.

Ses amis sont pétrifiés net, leurs cœurs arrêtent de battre, des larmes jaillissent de leurs yeux. Voilà, tout est fini.

Et puis soudain un éclat de rire surgit d'entre les chiens qui s'agitent et de leurs queues qui remuent de plaisir comme des métronomes affolés.

– Non, arrêtez, arrêtez, stop ! Ça chatouille, arrêtez, laissez-moi respirer !

Alors les chiens s'écartent et cessent de lécher le visage d'Harmonie. L'un d'eux dépose à ses pieds une balle qu'il lui demande de lancer.

– Mais alors… ils ne sont pas méchants ? s'étonne soudain Zeta.

– Pourtant ils avaient l'air cruels et dangereux… ajoute Marcel qui, à son tour, est assailli par les trois chiens curieux et affectueux.

Il faut un certain temps aux lutins pour se libérer des chiens qui n'ont jamais assez de caresses et de gratouilles derrière les oreilles. Il faut se dire adieu, se faire lécher le bout du nez une nouvelle fois et enfin, aller réveiller les rennes qui se sont endormis avec Morphée. Dans le jardin de la petite maison toute noire, ils ont toujours les sabots dans les oreilles et devant les yeux.

– Ça alors… il est toujours vivant ? s'exclament-ils d'une même voix quand ils découvrent que Ronchon est toujours là.

– Oui, toujours vivant et bien content ! répond le lutin en souriant, ce qui est très très rare, chez lui.

Le traîneau redécolle, la tournée reprend. Les lutins survolent des villes immenses aux milliers de cheminées, des petits villages, des hameaux presque oubliés où vivent trois personnes. Ils passent au-dessus de déserts glacés, de forêts ensommeillées, de mers qui brillent sous la nuit, ils laissent des centaines de paquets par-là, en dépose un seul ici, la tournée avance, la nuit est presque finie.

Et bientôt, le compteur de paquets indique qu'il ne reste presque plus de cadeaux à donner.

– Youpi, plus que douze ! s'exclame Zeta, qui aime bien vérifier les chiffres et toujours tout compter et recompter.

– Nous allons pouvoir rentrer et nous reposer ! ajoute Morphée qui vient de se réveiller.

Les douze derniers paquets sont tous pour la même maison, un immense château qui doit avoir au moins cent cheminées.

– Douze paquets et cent cheminées… Comment savoir dans lesquelles il faut laisser un cadeau ? s'inquiète Ronchon.

– Je crois que j'ai une idée, répond Morphée qui a ouvert un œil. Tu mets ton oreille au-dessus de la cheminée et tu écoutes. Si tu entends un ronflement de gros ours, ou celui d'un ogre géant, si c'est un éléphant qui dort en faisant tout trembler, alors ce n'est pas là que tu dois laisser ton paquet. Mais si tu entends le bruit léger d'un rêve qui survole un oreiller, alors là, oui, tu peux laisser un cadeau.

– Et ça fait quel bruit, un rêve qui survole un oreiller ? s'étonne Zeta.

– Ça ne fait pas de bruit, ça fait juste des papillons dans les oreilles et dans le cœur de celui qui écoute, sourit Morphée avant de se rendormir.

Alors, un cadeau sous chaque bras, sur les toits immenses du château, les lutins sautillent de cheminée en cheminée, ils écoutent et, quand leurs oreilles et leurs cœurs frémissent de bonheur, ils laissent tomber un paquet.

Ce château est celui d'un roi. Le soir de Noël, même les princes rêvent d'avoir un cadeau. Juste après avoir décollé, par une fenêtre du château, dans un salon immense au pied d'un sapin plus grand qu'une montagne, les lutins aperçoivent un petit prince qui ouvre son paquet. Il déchire le papier et découvre un train en bois. Autour de lui, tout brille, tout est magnifique et pourtant, ce petit train de bois est cette nuit-là le plus beau des cadeaux et l'enfant rit aux éclats. Au petit matin, quand les onze autres enfants du roi découvriront leurs cadeaux, le traîneau sera loin, le jour sera levé, les lutins seront couchés.

Voilà, c'est fini ! Le coffre est vide ! Des enfants se lèveront bientôt pour découvrir leurs cadeaux dans le petit matin qui se lève, par les fenêtres entrouvertes on entendra des cris de joie et de bonheur dans le monde entier. Les lutins ont bien travaillé et ils peuvent désormais rentrer. Ils vont retrouver le Père Noël qui n'aura plus mal au dos, ils vont se faire un bon chocolat chaud et griller des tranches de brioches, puis ils iront se coucher et dormiront trois jours sans s'arrêter en faisant les plus beaux rêves du monde.

Normalement cette histoire devrait se terminer ici…

Mais tout à coup, alors que le traîneau file dans les airs pour retrouver la maison du Père Noël et que les lutins se congratulent de leur mission accomplie, le téléphone émet un bip. C'est un SMS signé du Bureau International d'Accréditation des Pères Noël : « Attention, message de service : il reste une adresse, une seule, qui n'a pas

5:18
25 DÉCEMBRE
1

reçu de cadeau. Si le problème n'est pas rapidement résolu, Noël sera annulé pour toujours ».

– C'est impossible ! s'exclame Zeta, c'est mathématiquement impossible, le coffre du traîneau est vide.

– Et puis, ajoute Ronchon, j'aime pas quand ça ne finit pas bien, alors ce n'est pas possible.

– Et puis nous sommes les plus forts ! proteste Marcel, forcément on ne peut pas ne pas avoir réussi.

Alors, oui, normalement cette histoire devrait se terminer ici, mais pour une fois, il se pourrait bien que la nuit de Noël soit un peu plus longue et un peu plus compliquée que prévu pour l'équipe du Père Noël.

Chapitre 8

BON POUR LE SERVICE !

Pendant ce temps-là, dans la maison du Père Noël, le hibou Sigmund a fait des merveilles. Après avoir enduit le Père Noël de moutarde, un peu comme un rôti, il lui a fabriqué une ceinture avec une dizaine de bouillottes bien chaudes. Le Père Noël a senti son dos se détendre, il a entendu la douleur s'en aller sur la pointe des pieds et, petit à petit, il a retrouvé l'envie de bouger. Il a réussi à sortir de sa chambre, à descendre dans la cuisine, à se faire un café, à se griller des tartines. Alors, trop heureux, il s'est mis à chanter sa chanson préférée *Mon beau sapin*. Oui, Sigmund a fait des miracles. Il a réussi à remettre le Père Noël en état de marche.

Et puis tout à coup, le Père Noël se souvient, les lutins, le traîneau, les rennes, les cadeaux, pas de nouvelles, l'inquiétude !

– Vite, Sigmund, apporte-moi le téléphone !

Le hibou remonte dans la chambre, cherche partout, se secoue les plumes, vole sens dessus dessous et finit par trouver le téléphone. Il était tombé dans le tiroir des chaussettes du Père Noël.

– Pourvu qu'il ne leur soit rien arrivé, grommelle le Père Noël en composant le numéro des lutins…

Mais de nouveau personne ne répond, pas plus de lutins au bout du fil que de Père Noël au mois d'août.

Agacé, il rappelle et rappelle sans cesse, tant et si bien que ça finit par décrocher. Mais, ce qu'il entend alors ne le rassure pas, mais alors pas du tout !

Dans le haut-parleur de son téléphone résonne un étrange grondement, un bruit sinistre et glaçant : Brlllllllgrllllllbrlllllgrllllllllgrrrrrrrrr.

– Sigmund, c'est certain, ils ont été avalés par un dragon, j'entends l'estomac de la bête qui gargouille. C'est sûr, il se passe quelque chose, je dois y aller ! Ils sont en danger ! Je le sais, ils sont en danger !

Mais comment faire, puisqu'il n'a plus de traîneau ! Le père Noël est effondré… Il doit aller sauver les lutins, mais où… et comment y aller ?

BON POUR LE SERVICE !

Pendant ce temps-là, dans le traîneau, c'est un peu la panique. Harmonie gémit :

– À cause de nous, il y a un enfant quelque part qui n'aura pas de cadeau… ça veut dire que Noël ne sera pas beau. C'est un désastre… et elle s'effondre en larmes dans les bras de Marcel.

– C'est une catastrophe ! Si on ne donne pas de paquet à cet enfant, Noël disparaîtra, hurlent les rennes, en pleurant eux aussi.

Tous ces pleurs et gémissements finissent par réveiller Morphée qui propose :

– Commençons par chercher la maison, peut-être aurons-nous une idée quand nous l'aurons trouvée.

Il faut alors refaire mille tours et détours, repasser par des endroits très étroits et au-dessus de montagnes bien hautes, il faut retraverser une forêt fort sombre et, enfin, le traîneau finit par arriver au-dessus de la maison oubliée.

Elle est toute petite, minuscule même. Sans les équipements de pilotage automatique du traîneau, sans le DADMSD, le Détecteur Automatique De Maison Sans Cadeau, jamais les lutins ne l'auraient trouvée.

Elle est tout au fond d'une vallée perdue, entre des collines où la neige recouvre tout et change le paysage en un immense gâteau à la chantilly.

– N'empêche, grogne Ronchon, je suis persuadé que tout à l'heure nous sommes passés au-dessus et que le détecteur ne s'est pas déclenché ! C'est pas de notre faute si nous l'avons oubliée.

– Et puis regardez, ajoute Zeta, il y a du feu dans la cheminée ! C'est fou ça, de faire un feu le soir où nous devons y descendre ! C'est parfaitement illogique.

Les rennes font une approche discrète. Le traîneau se pose derrière un bosquet, bien caché. Ses occupants en descendent et s'approchent de la maisonnette comme des Sioux, comme des loups à la chasse, comme des souris dans la maison du chat, avec la plus grande des prudences et sans faire le moindre bruit.

Arrivés près de la maison, les lutins regardent par une fenêtre… Personne !

– Même si on avait eu un cadeau, nous n'aurions jamais pu passer ! grogne Ronchon. Quelle idée ce feu ! Moi je dis qu'on devrait repartir. C'est sûrement la maison de quelqu'un qui n'aime pas Noël et qui ne veut pas de cadeau !

– Moi, je la trouve charmante cette maison, proteste Harmonie. Regardez, tout est miniature, les meubles sont tout petits. Je la trouve très jolie et très étrange aussi ! C'est la première fois qu'une maison est presque à notre taille.

Les lutins ont encore tous le nez collé aux carreaux quand, tout à coup, une petite voix se fait entendre derrière eux.

– Bonjour, vous voulez bien jouer avec moi ?

Chapitre 9

DRÔLE DE JOURNÉE

De son côté, le Père Noël est silencieux. Immobile depuis un long moment devant une tasse de thé vide, il réfléchit.

– J'ai trouvé ! s'écrie-t-il tout à coup en se levant comme un ressort. Sigmund, suis-moi ! Ils sont en danger, mais je vais les sauver.

Et il se précipite dans son garage, là où il garde toutes les choses qu'il doit réparer « un jour » et qui s'entassent depuis des années. (Et croyez-moi, quand il s'agit du Père Noël ça fait vraiment beaucoup d'années, alors autant vous dire qu'il y a vraiment beaucoup, beaucoup de choses qui s'entassent.)

Il y a là son prototype de « réchauffe barbe », qui n'a jamais réchauffé sa barbe, mais a bien failli y mettre le feu. Il y a les chaussons à crampons pour rennes, plus glissants que cramponnants. Il y a la catapulte à cadeaux, et il y a surtout ce « truc » qu'il a commencé à bricoler, l'hiver dernier, le « Vélonoël ». Le vélo qui vole « presque tout seul » !

– Parce que, tu vois, mon vieux Sigmund, le vélo c'est l'avenir. Je suis certain qu'un jour les cadeaux seront distribués à vélo.

– Parlez-en aux rennes, Père Noël, vous verrez bien ce qu'ils en pensent.

Mais le Père Noël n'écoute pas son vieil ami à plumes. Il a déjà sorti ses clés à molette et ses pinces, il a déjà attrapé un rabot et un marteau, et il travaille pour partir le plus vite possible, sauver ses amis les lutins.

– Parce que, je ne sais pas si je te l'ai déjà dit, mon vieil ami, mais je crois qu'ils sont en danger !

Sigmund ne répond pas, mais… oui, il lui semble que ça, le Père Noël le lui a déjà dit… au moins mille fois.

Enfin le Vélonoël est prêt. Alors le Père Noël enfile son grand manteau, met ses gants et entasse dans une musette quelques provisions, au cas où !

Et puis il s'installe sur son engin, une sorte de vélo avec une grande hélice derrière, deux petites ailes sur les côtés et trois patins en dessous.

– Regarde-moi bien, Sigmund. Grâce à l'assistance électrique, je pédale un peu et l'hélice tourne très vite. Alors je décolle. C'est parti ! Je dois faire vite, car, je ne sais pas si…

– Oui, je sais, je sais, le coupe le hibou, ils sont en danger !

– Ah, je te l'ai déjà dit ?

– Oui, soupire l'oiseau.

Le Père Noël pédale et commence à avancer. Derrière lui son hélice se met à tourner, son Vélo-noël accélère et commence à décoller. D'un seul coup, il file droit devant lui et s'élance tel le vent ! Et puis, vlan, un petit coup de vent et l'engin se plante net dans un sapin couvert de neige.

Il faut quelques minutes au Père Noël pour revenir sur la terre ferme.

– Pas tout à fait au point, mais demain, tu verras, demain ça fonctionnera. Je travaillerai dessus toute la nuit s'il le faut, mais ça doit fonctionner, car ils…

– Oui, je sais, ils sont en danger !

– Ah, s'étonne le Père Noël, je te l'ai déjà dit.

– Une ou deux fois, soupire l'oiseau.

Au même moment, une sonnerie retentit dans le salon du Père Noël. Une sonnerie très ancienne, comme celle de ces très vieux téléphones qui étaient, à une époque, accrochés aux murs et qui ne donnaient même pas l'heure.

– L'alertofil ! s'écrie le Père Noël. Il n'a pas sonné depuis des années, depuis des siècles, cela doit être très grave !

Le Père Noël s'élance, il court et il est tout essoufflé quand il décroche l'appareil. À l'autre bout du fil une voix mécanique articule :

« Alerte maximum ! Une adresse n'a pas reçu son paquet. Alerte maximum. »

Le Père Noël s'effondre. Désormais, il est trop tard pour tout, il ne pourra plus rien faire, il n'aurait pas dû laisser les lutins partir tout seuls, il n'aurait pas dû avoir mal au dos, il n'aurait pas dû…

– C'était le dernier Noël, dit-il avec des larmes plein les yeux. Le dernier ! Une maison sans cadeau, ça n'était jamais arrivé… Désormais, Noël n'existe plus.

Mais pendant ce temps-là, devant la petite maison qui n'a pas eu son cadeau, les lutins font une rencontre.

– Bonjour, vous voulez bien jouer avec moi ?

Lutins et rennes se retournent et font un bond.

– Quelle horreur ! Un enfant… s'il nous voit, c'est la fin de Noël ! s'écrient les rennes.

– Mais il nous a vus ! s'affolent les lutins.

– Alors Noël n'existe plus !

Bondissant dans les buissons autour de la maison, rennes et lutins tentent de se cacher et d'échapper aux yeux rieurs de l'enfant.

Trop content de jouer avec ces nouveaux amis, l'enfant se lance après eux et les attrape les uns après les autres. Tirant un lutin par le bonnet, un autre par un pied, attrapant un renne par les bois, un autre par un sabot, il traîne tout le monde jusque dans sa maison. Puis, il les installe sur des mini-chaises devant une mini-table et dans les mini-tasses d'une mini-dînette, il sert à tout le monde un mini-chocolat, mais qui est drôlement meilleur que bien des grands.

– Je suis content que vous soyez venus, dit-il en souriant. Je vis tout seul ici et ce n'est pas très drôle. Chaque année, à Noël je fais le même vœu et cette année, je crois bien que j'ai été exaucé.

– Tout seul ! s'exclame Harmonie, avec déjà de grosses larmes aux bords des yeux.

– Sans personne pour s'occuper de toi ! s'inquiète Marcel.

– Je ne suis pas vraiment tout seul, répond l'enfant.

– Ah, nous voilà rassurés ! soupire Zeta.

– Ben oui, j'ai mon doudou pingouin avec moi ! Il y a plus malheureux que moi, poursuit le petit garçon, il y a des enfants qui ont perdu leur doudou, dit-il en serrant contre lui un pingouin

en peluche tout râpé. Dites, vous savez faire des gâteaux ?

– Forcément, répond Zeta, tout émue. Quel gâteau voudrais-tu que nous fassions ?

Une minute plus tard, la cuisine de la petite maison est un chantier joyeux où s'activent des lutins, des rennes et un enfant. On casse des œufs, on bat des blancs, on fait fondre du chocolat, on mélange beurre et sucre.

– Il est salé, le beurre ? s'inquiète Marcel.

– Ben, forcément, répond le petit garçon, je ne suis pas un sauvage !

Et puis on cuit, on assemble des boudoirs, on remplit des petits choux, on étale de la pâte, on épluche des pommes, on fait du caramel, on ouvre le four, on y dépose des plats, on en ressort d'autres, des parfums de cannelle et de sucre grillé flottent dans les airs.

– Il y a de la vanille quelque part ? demande Harmonie.

– Oui, dans le petit placard au-dessus de l'évier.

Et bientôt, sur la table, sont disposés des tartes, des gâteaux au chocolat, une pièce montée, de la crème, fouettée ou anglaise, légère et épaisse, des éclairs au café, des îles flottantes, et une montagne de madeleines. Et tout autour, il y a des casseroles sales, des cuillères en bois encore couvertes de chocolat, des plats qu'il faudra laver. Un désordre joyeux entoure un petit garçon radieux.

– À table !

Il ne faut pas le dire deux fois aux rennes qui se jettent sur les choux, à Marcel qui dévore les madeleines, ou à Zeta qui engouffre les éclairs. Harmonie, elle, préfère déguster, et prendre son temps pour savourer chaque bouchée, elle ferme les yeux et soupire, heureuse.

– Il en reste ? demande Morphée qui soudain passe une tête, j'ai un petit creux.

Alors, la fête est vraiment parfaite, l'équipe est au complet et même si Morphée ronfle entre deux choux et une part de tarte, tout le monde est très heureux. Cette nuit de Noël est la plus belle jamais vécue par les lutins.

– Et maintenant, on va jouer au petit train ! s'écrie le petit garçon.

Et il sort d'un placard des rails de bois et un tas de locomotives et de wagons qui bientôt roulent et traversent la maison. En guise de marchandises, ce train gourmand emporte les derniers choux, un peu de crème fouettée et une demi-madeleine.

– Mais, tu n'as pas de sapin ? s'étonne tout à coup Marcel.

– Non, répond le petit garçon, c'est trop lourd pour moi, tout seul, je ne peux pas le porter.

Alors le lutin file dehors et revient une poignée de minute plus tard avec un beau sapin qu'il secoue de sa neige avant d'entrer.

– On va t'aider à le décorer, lance Ronchon une fois le sapin installé dans le salon.

Puis, pendant des heures, tous chantent et passent la plus belle des journées de Noël.

Enfin, fatigué, après avoir bâillé et résisté vaillamment, l'enfant demande qu'on lui raconte une histoire. Les lutins se battent pour, chacun à leur tour, lui raconter les Noëls les plus fantastiques.

Doucement les yeux du petit garçon se ferment et le voilà qui suce son pouce.

– Merci ! C'est le plus beau Noël de toute ma vie. Vous êtes mon plus beau cadeau ! murmure-t-il avant de s'endormir tout à fait.

Alors Marcel, de ses bras costauds, emporte l'enfant au lit, Zeta lui retire ses chaussons, Harmonie le borde doucement et Ronchon allume sa petite veilleuse. Il faut juste empêcher Morphée de s'endormir à côté du lit du petit garçon.

Puis, un par un, les lutins embrassent le front tiède de l'enfant et les rennes passent à leur tour et, tout doucement, lui soufflent dessus, pour le réchauffer et lui souhaiter bonne nuit.

Quand ils sortent de la petite chambre silencieuse, tous sont émus. Les lutins ont les yeux humides et les rennes reniflent en silence.

– Je crois qu'il faudrait ranger un peu, dit Harmonie devant le désordre du salon.

– Oui… ça serait sans doute mieux… confirme Marcel qui regarde le monceau de vaisselle.

Dehors le soleil se couche, la journée tout entière est passée.

– Noël est terminé, dit Zeta.

– J'aime pas trop ça quand c'est plus Noël, râle Ronchon. Je préfère quand c'est bientôt Noël.

– C'est plus Noël, répète Harmonie. Ho mince, c'est plus Noël, réalise-t-elle.

Voilà comment, sans qu'ils s'en rendent compte, lutins et rennes ont oublié de rentrer.

– Mais… que va penser le Père Noël ? se demande soudain Alfred en essuyant la dernière casserole.

C'est à ce moment-là que Morphée sort le téléphone qui était au fond de ses poches et qu'il avait oublié. Il le regarde et semble bien embêté.

– Le Père Noël, il a essayé d'appeler… Je n'ai pas répondu… Il a laissé plusieurs messages… Ça n'a pas l'air d'aller très bien. Je crois qu'on devrait rentrer. Écoutez !

« Bip… bip… bip… allo, allo… il y a quelqu'un ? Vous m'entendez ? Ici le Père Noël, j'ai reçu un message terrible, une maison n'a pas reçu son cadeau, c'est une catastrophe, c'est la fin de Noël ! Il faut que vous rentriez et vite… je ne sais pas ce qui va se passer maintenant… ça n'est jamais arrivé… je vous attends… vite... bip… bip… »

Autour de Morphée, les lutins et les rennes sont livides. Fini de jouer, de chanter et de faire des gâteaux, fini la fête, fini les sapins et les yeux des enfants qui brillent… C'était le dernier Noël… Cette année, une maison n'a pas eu de cadeau à temps, alors, il n'y aura plus jamais de Noël.

– Vite, il faut filer, dit Alfred, le Père Noël doit être très inquiet.

Les lutins quittent la maison sur la pointe des pieds et même s'ils promettent en chuchotant de revenir l'an prochain, ils savent bien depuis le message du Père Noël que c'est un mensonge.

Le traîneau décolle. À son bord, personne ne dit mot. Le silence est pesant, les mines sont tristes.

Et puis tout à coup Marcel, Zeta, Ronchon et Harmonie se rendent comptent qu'ils sont épuisés, qu'ils n'ont pas dormi depuis deux jours, alors, l'un après l'autre, ils s'écroulent sur la banquette et se mettent à ronfler.

Seul Morphée reste éveillé. Et il le fait savoir aux rennes.

– En même temps, lui dit Alfred, c'est un peu normal, tu as fait que de dormir.

– C'est vrai, tu ne dois pas être trop fatigué… ajoute Alex.

– Alors que nous, dit en bâillant Alphonse, nous galopons depuis deux jours et nous sommes épuisés.

– Je crois que je vais m'endormir, conclut Albert en fermant les yeux.

– Pas question, les gronde Morphée, je ne vous laisserai pas dormir au volant, c'est dangereux.

Pour éviter que les rennes dorment, le lutin se met alors à chanter le plus fort possible. Il entonne des chants de Noël, les seuls qu'il connaisse, mais il chante faux, très faux, très très faux, tellement faux que les oreilles des rennes vibrent, que leurs dents claquent et qu'il leur est impossible de dormir !

Morphée se demande bien comment le Père Noël va réagir quand il va les revoir… et comment il va réussir à lui expliquer qu'ils ont passé une journée entière avec un enfant alors qu'ils ne doivent être vus de personne.

– Il va être drôlement en colère, le Père Noël !

Chez le Père Noël, c'est en effet la catastrophe. Effondré sur sa table de cuisine, la barbe traînant dans une assiette de soupe que lui a préparée Sigmund pour essayer de le réconforter, le Père Noël pleure.

Il n'a même plus le courage d'essayer d'appeler les lutins au téléphone. Pour leur dire quoi ? Que Noël n'existe plus ? Non, c'est trop triste. Alors il se contente de pleurer et d'être inquiet.

– Ils devraient être rentrés depuis un long moment déjà… Ils doivent avoir été avalés par un gros nuage. Bientôt ça sera à mon tour de disparaître. C'est la fin de Noël, c'est la fin du monde !

BOUUHOUUUHH!!

Et le Père Noël se remet à pleurer de plus belle, jurant de « zigouiller » les lutins s'il les retrouve, « car tout est de leur faute » ou de les embrasser s'il les retrouve, « car tout est de ma faute ! »

Et il pleure, il pleure et il pleure encore.

Chapitre 10

LES RETROUVAILLES

Le voyage est long, long, très long, trop long. Les rennes n'en peuvent plus d'entendre Morphée chanter si faux, alors ils accélèrent autant qu'ils le peuvent. Ils sautent par-dessus les montagnes, ils bondissent dans les nuages et glissent comme des fous sur les arcs-en-ciel et les aurores boréales, ils filent avec le vent et se dépêchent d'arriver. Encore quelques instants et ils seront sourds !

– Regardez, je vois notre hangar, nous serons bientôt à la maison! s'écrie Alex soudain tout joyeux.

Dans un ultime effort, les rennes accélèrent encore. Et c'est ainsi que se termine, en glissant sur la neige, en dérapant devant leur hangar, le plus long et le dernier voyage du traîneau du Père Noël.

Dans sa cuisine, le vieux bonhomme les a entendus arriver, il n'en croit pas ses oreilles. Il se lève, il oublie d'enfiler son manteau et se précipite dehors en chemise à carreaux, impatient de retrouver ceux qu'il a cru perdre.

Devant le traîneau, les rennes sont effondrés, allongés dans la neige, ils tentent de reprendre leur souffle. À l'arrière, les lutins peu à peu s'éveillent et comprennent qu'ils sont arrivés. Ils s'étirent et

se frottent les yeux, tout étonnés et tellement heureux d'être rentrés.

Et puis tout à coup, ils aperçoivent le Père Noël qui court vers eux.

– Il va nous gronder ! s'inquiète Harmonie.

– Il va nous virer ! soupire Zeta.

– Ça va barder ! redoute Marcel.

– Moi j'aime pas quand le Père Noël n'est pas content… tremble Ronchon.

Arrivé au traîneau, le Père Noël se jette sur les lutins et les serre dans ses bras. Et, plutôt que de les gronder, il les embrasse en pleurant de joie.

– J'ai eu si peur de vous avoir perdus pour toujours ! Je suis tellement content de vous revoir sains et saufs !

Puis il se jette sur les rennes et les embrasse sur le museau, avant de leur gratter la tête en riant.

– Non, pas la tête, pas la tête, hurle Alfred, il ne faut pas nous toucher les oreilles !

– Vous avez pris froid ? Des otites ? s'inquiète le Père Noël.

– Non, c'est à cause de moi, dit Morphée, avant de raconter le voyage du retour.

Alors, aidé de Sigmund qui volette de-ci de-là, le Père Noël aide les rennes à rejoindre leur étable. Il leur verse une triple ration d'avoine, une double

de foin et ajoute une botte de carottes fraîches pour chacun. Mais les pauvres rennes ne touchent à rien, ils sont trop fatigués pour manger, ils s'effondrent et s'endorment bruyamment.

En entendant les rennes ronfler, le Père Noël devine que, plus tôt dans la soirée, au téléphone, ce qu'il a pris pour les gargouillements de l'estomac d'un monstre ne devait être que… les ronflements de Morphée.

Il se précipite vers la cuisine où il retrouve les lutins attablés devant de grands bols de chocolat chaud.

– Dites, Père Noël, demande alors Harmonie, d'une voix penaude, c'est vrai qu'à cause de nous il n'y aura plus jamais de Noël, que c'était le dernier ?

– Et si c'est vrai, qu'allons-nous devenir ? ajoute Marcel.

– Où allons-nous habiter ? s'inquiète Zeta.

– Moi j'aime pas déménager ! râle Ronchon.

– Je ne sais pas, mes petits lutins, je ne sais pas… répond le Père Noël, abattu. Je deviens trop vieux pour tout ça et puis, vous avez vu, il y a des gens qui ne croient plus en nous. Peut-être est-il temps que ça s'arrête, peut-être qu'il est l'heure de prendre notre retraite…

Autour de la table, toutes les têtes se penchent au-dessus des bols fumants, quelques larmes viennent saler le chocolat et plus personne ne parle.

Et puis soudain, une petite voix se fait entendre.

– Bonjour, je peux entrer ?

Lutins et Père Noël se retournent et derrière eux, sur le pas de la porte, se tient l'enfant de la petite maison sans cadeau, celui avec qui les lutins ont passé la journée, celui qui était tout seul.

– J'ai faim… je peux avoir un chocolat moi aussi ? Et vous avez de la brioche ?

Le Père Noël fait un bond ! Ce coup-ci c'est sûr, c'est la fin du monde ! Il bégaie :

– Qui… qui… Qui es-tu ?

– Je m'appelle Nicolas, répond le petit garçon.

– Oh, comme moi, s'étonne le Père Noël qui, un instant, oublie d'être inquiet. Et que fais-tu là ?

– Je ne voulais pas rester tout seul, alors quand vous êtes partis, dit-il en montrant les lutins, je me suis caché dans votre traîneau, mes amis.

– Tes amis ? explose le Père Noël ! Alors pendant que je m'inquiétais pour vous, bande de

chenapans, vous passiez la journée à vous amuser avec un enfant ! C'est donc à cause de vous que tout va disparaître, que Noël va cesser, que tout va s'arrêter que…

Mais le Père Noël ne termine pas sa phrase, il s'arrête net. Et, sous ses yeux ébahis, il se passe une chose extraordinaire, une chose qui n'arrive qu'une fois tous les cent ans, une chose qu'il avait oubliée.

Une petite barbe blanche, toute petite et toute douce, se met à pousser au menton du petit Nicolas.

Les lutins n'en reviennent pas, ils n'ont jamais vu ça. Nicolas regarde en riant ses poils nouveaux qui sont si jolis orner son visage.

Alors le Père Noël se souvient du jour de sa propre arrivée dans cette maison, de ce jour où, lui aussi, a vu sa barbe pousser. Alors il comprend tout et sourit.

– Entre, dit-il au petit garçon, entre et bienvenue chez toi. Assieds-toi, prends un chocolat, il faut que je t'explique quelque chose.

Pendant que le petit Nicolas dévore des bonshommes en pain d'épice et se fait des moustaches de lait chaud, le vieux Nicolas attrape un très gros et très vieux livre qui attend depuis des

siècles sur une étagère, s'assied dans son grand fauteuil et commence à lire.

« De temps en temps, pas très souvent, tous les presque cent ans, quand le Père Noël commence à se sentir vieux et à avoir mal au dos, comme par enchantement, arrive son remplaçant. On le reconnaît, car, bien qu'il soit encore enfant, une belle barbe blanche lui pousse quand il entre dans sa nouvelle maison. »

Le Père Noël se tourne d'un air attendri vers le petit Nicolas.

– Je ne le savais pas, mais je t'attendais depuis un moment, mon petit bonhomme. Je l'avais oublié, mais il y a toujours un moment où l'équipage revient avec celui qui sera le nouveau Père Noël. Personne ne sait quand ça arrivera, mais ça arrive toujours… un jour. Et ce jour, c'est aujourd'hui. J'aurais dû m'en douter quand mon lumbago est arrivé !

Les jours qui suivent, une grande fête a lieu chez les Pères Noël ! On prépare des tas de gâteaux et on fait de longs tours en traîneau pour que le Grand Nicolas apprenne au Petit Nicolas à piloter l'engin.

Chaque semaine, le Petit Nicolas est moins petit ; il doit régulièrement changer de tenue rouge et blanche, car il grandit à vue d'œil. Et c'est bien normal, car dans moins d'un an, c'est lui qui distribuera les cadeaux.

En attendant, les lutins ont repris leur travail à l'atelier, ils fabriquent encore plus de jouets que l'an dernier, ils veulent être prêts à temps, car ils savent déjà que l'an prochain, ils seront dans le traîneau, ils accompagneront le nouveau Père Noël dans son premier voyage.

Et l'ancien Père Noël, me demanderez-vous, que devient l'ancien Père Noël quand arrive le nouveau ? L'ancien Père Noël accroche sa grande veste rouge au porte-manteau, il retire ses bottes noires puis va dans sa salle de bains, et, devant le miroir, il se taille la barbe. Ensuite, il enfile une chemise à fleurs et un grand bermuda et monte dans son traîneau pour la dernière fois. Alors, avec le nouveau Père Noël et les lutins, une nuit d'été, quand l'air est encore chaud et que les étoiles brillent par millions, il file vers des mers chaudes et des plages de rêve. Quand le traîneau se pose, pour la dernière fois, le Père Noël embrasse ses rennes sur le museau, serre dans ses bras les lutins et son remplaçant, descend du traîneau et disparaît dans la nuit.

Si un jour, sur une plage de sable blanc, une plage bordée de cocotiers et baignée d'une eau turquoise et chaude, si un jour vous croisez un homme au ventre un peu trop rond, aux pieds un peu trop grands dans des sandales de cuir usées, si cet homme a une petite barbe blanche bien taillée et une chemise à fleurs, alors sachez qu'il y a de fortes chances pour que cet homme soit l'ancien Père Noël. Mais chut, ne le dites à personne, car on dit que, au bout de quelques années, même lui finit par oublier qui il a été.

Joyeux Noël !

Découvre les autres titres de la collection Kactus et laisse-toi chatouiller et picoter par ces petits romans hilarants !

Les chouquettes à la CRÈME

Paul Beaupère
Manon Puech
Le Chat de la Sorcière Millerats

ZAG, le dragon qui préférait LA SIESTE

La COLO des Cafoutus
Sophie Laroche · Adeline Pham

Géraldine Bobinet
Bastien Quignon
LA SIRÈNE SPECTENTACULAIRE

Sophie Laroche
CHAIR DE POULE, ENQUÊTE ET PRISE DE BEC

PEFC
PEFC/18-32-94
Certifié PEFC
Ce produit est issu de forêts gérées durablement et de sources contrôlées
www.pefc-france.org

Fleurus Éditions s'engage pour la planète :
cet ouvrage est imprimé de façon écoresponsable,
sur du papier PEFC™.

Achevé d'imprimer en septembre 2025 par Rotolito SPA en Italie.
N° d'édition : 25L0950
Dépôt légal : octobre 2025